LA COSECHA DEL CENTAURO

EDUARDO GALLEGO
GUILLEM SÁNCHEZ

novela corta de ciencia ficción

Editor MIQUEL BARCELÓ

Conferencia de Lois McMaster Bujold

Barcelona • Bogotá • Buenos Aires • Caracas • Madrid • México D.F. • Montevideo • Quito • Santiago de Chile

Título original: *Science Fiction, Fantasy, and Me*
Traducción: Miquel Barceló

1.ª edición: marzo, 2009

Bailén 84 - 08009 Barcelona (España)
www.edicionesb.com

Printed in Spain
ISBN: 978-84-666-0623-3
Depósito legal: B. 871-2009

Impreso por LIMPERGRAF, S.L.
Mogoda, 29-31 Polígon Can Salvatella
08210 - Barberà del Vallès (Barcelona)

Presentación

En el año 2008, el Premio UPC de Ciencia Ficción *registró de nuevo, como ya viene siendo habitual, una buena cifra de participación: 96 novelas presentadas a concurso, de las que 34, algo más de la tercera parte, procedían del extranjero. Como suele ocurrir en los últimos años, una gran mayoría estaban escritas (78%) en lengua castellana.*

El Premio UPC de Ciencia Ficción *sigue teniendo, pues, un amplio predicamento internacional. La sinergia lograda por la colaboración entre la universidad que patrocina y organiza el certamen y la editorial que, hasta hoy, edita los títulos ganadores ha logrado que tal actividad cultural universitaria sea no sólo un festín lector para los miembros del jurado, sino una verdadera cita anual para los aficionados de todo el mundo.*

El Premio internacional UPC de Ciencia Ficción de 2008

En el año 2008 se presentaron al concurso 96 narraciones, siendo 34 (un 34,5%) las novelas recibidas del extranjero, procedentes de Estados Unidos (10), Argentina (5), México (4), Cuba (3), Chile (3), Bélgica (2), Ecuador (2), Bolivia (1), Canadá (1), Hungría (1), Irlanda del Norte (1) y Perú (1). La interna-

cionalidad del PREMIO UPC DE CIENCIA FICCIÓN *sigue siendo una de sus características más relevantes.*

La mayoría de los concursantes escribieron sus narraciones en castellano (75 novelas, es decir, el 78%); las otras lenguas utilizadas fueron el inglés y el catalán, con 10 novelas (el 10,5%) cada uno, y el francés, con una única novela.

La decisión del jurado y la entrega de los premios se hizo pública el miércoles 26 de noviembre de 2008 en un solemne acto académico presidido por el vicerrector de política universitaria de la UPC, doctor Josep Casanovas, y por el señor Àngel Llobet en representación del Consell Social de la UPC. El conferenciante invitado fue la escritora estadounidense Lois McMaster Bujold, autora de la conocida serie de ciencia ficción protagonizada por MILES VORKOSIGAN *y de otras novelas de fantasía como la serie de* CHALION *o la de* EL VÍNCULO DEL CUCHILLO. *Lois McMaster Bujold disertó sobre* La ciencia ficción, la fantasía y yo.

El jurado estuvo formado, como viene siendo tradicional, por Lluís Anglada, Miquel Barceló, Josep Casanovas, Jordi José y Manuel Moreno. El contenido del acta con el fallo del jurado (traducida del original en catalán) dice así:

El jurado del PREMIO UPC DE CIENCIA FICCIÓN 2008, reunido en la sede del Consejo Social el 13 de noviembre de 2008 para deliberar sobre el veredicto de los premios, ha decidido otorgar:

El primer premio de 6.000 euros, a la obra:
LA COSECHA DEL CENTAURO
de Eduardo Gallego (Almería)
y Guillem Sánchez (Mataró)

La mención especial de 1.500 euros, a la obra:
LES FLEURS DE VLAU,
de Alain Le Bussy (Bélgica)

y quiere hacer constar el éxito de participación de esta decimoctava convocatoria internacional (96 originales recibidos), y hacer mención de las siguientes obras por orden de apreciación:

LOS NEXOS DEL TIEMPO,
de Rodrigo Moreno Flores (Madrid)
S POR SALOMON, S POR SUSSMAN,
de José Miguel Sánchez (Cuba)
EL DRAGÓN DE SCHRÖDINGER,
de Vladimir Hernández Pacín (Barcelona)

El jurado ha decidido otorgar la mención UPC de 1.500 euros, a la obra:

LOS ÁNGELES DE LA INMORTALIDAD,
de Geraldo Benicio Da Fonseca (Brasil)

y citar como finalista de la mención UPC a la obra:

ESPACIO LÍMITE,
de Eric Ros Ben-Hassan (Martorell)

Y, a los efectos oportunos, firman esta acta en Barcelona, el 13 de noviembre de 2008.

Tras la presencia en años anteriores de Marvin Minsky, Brian W. Aldiss, John Gribbin, Alan Dean Foster, Joe Haldeman, Gregory Benford, Connie Willis, Stephen Baxter, Robert J. Sawyer, David Brin, Juan Miguel Aguilera, Vernor Vinge, Orson Scott Card, Miquel de Palol, Elizabeth Moon, Brandon Sanderson y Jasper Fforde, en 2008 la persona encargada de dictar la conferencia invitada en la ceremonia de entrega de premios fue la escritora estadounidense Lois McMaster Bu-

jold, quien disertó sobre La ciencia ficción, la fantasía y yo. *Tras esta presentación se incluye el texto íntegro de esa conferencia.*

La publicación del Premio UPC 2008

En este volumen se incluye, inaugurando un nuevo formato, tan sólo la novela ganadora de la decimoctava edición del Premio UPC de Ciencia Ficción. Según creemos, eso va a permitir que se destaque el título y los autores de la obra galardonada.

En 2008, los ganadores han sido dos autores ya conocidos por los aficionados españoles a la ciencia ficción. Eduardo Gallego, biólogo, profesor de micología en la Universidad de Almería, y Guillem Sánchez, economista de formación y aficionado a la historia bélica, escriben al alimón desde hace varios años y han publicado varias novelas en el azaroso mundo editorial de la ciencia ficción escrita en España, en cuyo seno son autores de gran éxito, sumamente reconocidos y apreciados. Sus obras son siempre amenas y entretenidas, y su lectura deja invariablemente satisfechos a sus lectores.

En un registro a la vez clásico y remozado, Gallego y Sánchez mantienen en su colaboración un conjunto de características propias sumanente interesantes, como la abundante ironía de sus narraciones, unida a la habilidad de descripción de entornos, aventuras y personajes así como a la solidez de las referencias biológicas, las descripciones de enfrentamientos bélicos o las motivaciones históricas y económicas de las culturas en juego.

En LA COSECHA DEL CENTAURO, *se responde realmente a lo que pedía precisamente la conferenciante invitada, Lois McMaster Bujold, en la conferencia que se incluye en este volumen:*

Lo que realmente se necesita son historias nuevas y estimulantes con la voz de *esta* generación y que hablen de la ciencia de *esta* generación; historias que nos hagan abrir los ojos y la boca con asombro mientras decimos: *¡Vaya! ¡Esto es fantástico!*; historias que hablen de un futuro fascinante y no de un futuro terrorífico.

*Huyendo del viejo Imperio, los llamados Hijos Pródigos fueron capaces de escapar del brazo de Orión al brazo de Sagitario. Tras la caída del Imperio, la humanidad tecnológicamente avanzada del Ekumen ha descubierto ahora otros colonos huidos al mucho más lejano brazo de Centauro (*Scutum-Crux*).*

Allí, los colonos de Eos, junto a la avanzadilla científica del Ekumen, descubren que en ese peculiar brazo de la galaxia, en la llamada Vía Rápida, una poderosa especie alienígena se dedica a sembrar de vida diversos planetas. Según parece, cada 802 años esos misteriosos sembradores *vuelven para recoger la cosecha conseguida y, después de la recolecta, aniquilarlo todo. Faltan tan sólo 75 años para la «recolecta» de Eos.*

Dos colonos se embarcan con la nave exploradora del Ekumen para averiguar el porqué de los terribles objetivos de los sembradores, *intentando sobrevivir a un final que parece inevitable.*

Un inexplicable misterio a escala galáctica con sorpresas biológicas inesperadas, y con el peligro como eficaz aglutinante para unir a seres humanos distintos ante los misterios sin cuento del universo siempre hostil.

La temática de la narración parece clásica pero, como suele suceder en manos de Eduardo Gallego y Guillem Sánchez, resulta también sumamente amena y ampliamente actualizada por el tono irónico y la riqueza descriptiva de personajes, culturas y biologías unido a la siempre activa descripción de todo tipo de aventuras y enfrentamientos bélicos.

Como ya se ha dicho, el volumen se completa con el interesante y sugerente texto de la conferencia de Lois McMaster Bujold, la creadora de la exitosa serie de MILES VORKOSIGAN *y, en la actualidad, de series de fantasía como los libros de* CHALION *o los de* EL VÍNCULO DEL CUCHILLO.

Para la edición del Premio UPC del año 2009, el límite de recepción de novelas concursantes se adelanta al 15 de julio de 2009. De las más afortunadas de esas narraciones seguramente trataremos en el futuro volumen sobre el XIX PREMIO UPC, *al que les remito. De momento, disfruten de la brillante y entretenida muestra de la ciencia ficción hispana del momento que es* LA COSECHA DEL CENTAURO.

Y, esta vez, todavía no les puedo adelantar la personalidad de nuestro invitado de 2009 pero, por las gestiones que se están haciendo, va a ser un verdadero hito. Estén atentos...

MIQUEL BARCELÓ

CONFERENCIA

LA CIENCIA FICCIÓN, LA FANTASÍA Y YO

Lois McMaster Bujold

Hola a todos.

Me gustaría dar las gracias a la Universidad por invitarme a pronunciar una conferencia en esta fascinante ciudad. En mi primera visita a la península Ibérica, hace unos ocho años, visité sólo una pequeña parte del país: el litoral asturiano y los alrededores de Madrid. Dejé el resto para más tarde. Sin embargo, desde el punto de vista de una vida humana, nunca habrá más tiempo después, siempre habrá menos. Por ello me complace tener la oportunidad de conocer un poco Barcelona.

Puesto que soy una escritora que maneja dos géneros distintos, una de las preguntas que suelen hacerme en las entrevistas es si encuentro grandes diferencias entre escribir ciencia ficción y escribir fantasía. La respuesta a esta pregunta incluye dos aspectos: el primero, y más fácil de argumentar, se refiere a la mecánica de escribir; el segundo, mucho más complicado, a las diferencias subyacentes entre los dos géneros.

Empecemos por la parte más sencilla. Para mí, la mecánica de escribir es exactamente la misma. La mayoría de mis libros empiezan con unas introspecciones de personajes y escenas, por ejemplo, un hombre cansado de viajar y desalentado que se acerca al castillo en el que vivió de joven, u otro hombre al que le abaten con un fusil de aguja en una pista de aterrizaje espacial y muere lejos de su hogar bajo la mirada de su joven compañero que había puesto en él sus esperanzas. O el hombre que sufre alucinaciones perdido en una enorme catacumba tecnológica y es rescatado por una de sus alucinaciones. Cada una de estas visiones trae consigo un mundo implícito, en ocasiones un mundo que ya ha sido desarrollado anteriormente, pero en otros casos un mundo nuevo que está por desarrollar. El personaje también puede ser antiguo y familiar o nuevo y lleno de posibilidades que esperan materializarse, pues los personajes se crean a través de sus acciones (y lo mismo sucede con las personas si lo pensamos bien).

En ese momento empiezo a tomar notas, que utilizo como ayuda mnemotécnica. Tomo notas sobre los personajes, el contexto, el entorno, las propuestas de acciones y las escenas futuras que puedo o no desarrollar. Llega un momento en que esas notas alcanzan una masa crítica y veo dónde debe empezar el libro. Entonces escribo la escena o las escenas iniciales y cuando las tengo escritas, me siento y vuelvo a replantearlo todo porque normalmente al plasmarlo en el papel hay cosas que cambian, surgen ideas nuevas o me doy cuenta de que algunos de los elementos no encajan en la historia y deben desecharse. La parte más complicada de escribir una novela es la tensión de *recordarlo* todo, mirar hacia atrás. El acto de escribir me permite liberar la introspección en la página, en la que finalmente queda atrapada. Esto deja espacio en mi cabeza para ensamblar la siguiente visión concatenada. Todo este proceso es muy visceral, puramente emocional.

Recojo detalles del entorno a medida que transcurre la historia, es decir, la propia historia crea su mundo. Este sistema se conoce como creación de mundos *just-in-time*. Significa que mi historia y su entorno siempre encajan a la perfección, pero hace que mis universos sean bastante difíciles de compartir. No tengo una gran «biblia del universo» o un conjunto de notas formales para mis mundos de ficción. Sólo tengo lo que he plasmado en la página más lo que todavía queda en mi cabeza.

En realidad, cambio el mundo cada vez que cambio de personaje narrativo, algo que puede suceder en cada escena en una novela con múltiples puntos de vista, pues cada personaje es el centro de su propio universo, que se expande a su alrededor en todas las direcciones hasta donde su vista alcanza. Para crear un personaje nuevo, debo entrar en su cuerpo, en su mente y en sus recuerdos, cambiar de piel, ver el mundo a través *de él* e intentar seguir el movimiento de sus ojos. Sólo cuando he desarrollado el mundo a su alrededor sé qué es lo siguiente que dirá y hará ese personaje.

Sigo este ciclo de creación y redacción alternativamente, según mi estado de ánimo, tantas veces como sea necesario hasta llegar al final de la novela.

El proceso de escritura es el mismo independientemente de si el contexto está basado en la tecnología, algún tipo de extensión futura de nuestro mundo y, por lo tanto, desprovisto de elementos sobrenaturales de cualquier tipo, o si el contexto incluye la magia y trata de una Tierra alternativa, como en el *El anillo del espíritu*, o una subcreación totalmente separada, como Chalion o el mundo de *El vínculo del cuchillo*.

Como escritora, no veo nada raro en pasar de un género a otro. En la década de los sesenta, cuando empecé a interesarme por la ciencia ficción y la fantasía, estos dos géneros estaban juntos en la misma estantería tanto en bibliotecas como en librerías, igual que ahora, y muchos de mis escritores favoritos dominaban ambos géneros. Poul Anderson, L. Sprague de Camp, Roger Zelazny, Robert Heinlein, más tarde C. J. Cherryh e incluso C. S. Lewis, a su manera, aceptaron toda la gama de posibilidades. Últimamente se espera de los escritores que se especialicen más en uno o en otro género y son empujados por las fuerzas del mercado hacia una senda creativa cada vez más estrecha.

No obstante, muchos *lectores* procesan los géneros de fantasía y ciencia ficción de formas muy diferentes y en este punto es donde la respuesta, o mejor la explicación, se vuelve endiabladamente difícil.

Algunas personas creen que los dos géneros deberían ser cosas totalmente separadas y separables, una teoría intelectualmente pura que me temo que se desmonta muy rápidamente ante la evidencia. Estas personas sólo llamarían ciencia ficción a las obras más cristalinas de la llamada ciencia ficción *hard*: una extrapolación rigurosa que no infringe ninguna ley física conocida (aunque, según mi experiencia, los mismos críticos no suelen ser tan drásticos con las biociencias). Todo el resto lo engloban bajo la etiqueta de fantasía. A mí no me importa siempre y cuando tras redefinir gran parte del género luego no se quejen de que su número de lectores es demasiado bajo. «Cuando escoges una acción, escoges las consecuencias de esa acción», tal como dice mi personaje Cordelia en algún lugar.

También hay lectores exclusivamente de novelas fantásticas, una posición que parece estar basada parcialmente en las preferencias por determinados estilos, tonos emotivos o escenarios anteriores a la modernidad, en ocasiones buscando lo «numinoso» y en otros casos curiosamente como expresión de un rechazo de las visiones inexorablemente distópicas que ofrecen algunas novelas de ciencia ficción, un problema al que volveré más tarde.

Un tercer grupo, al cual pertenezco, cree que la fantasía y la ciencia ficción son un continuo de posibilidades de historias, cuyos extremos quizá pueden distinguirse fácilmente entre sí, pero cuya parte central no está tan clara y nos *gusta* que sea así.

A los inflexibles puristas de la ciencia ficción les gustaría proscribir la física contrafáctica, englobando a todo el resto bajo la etiqueta «fantasía científica». Hasta donde sabemos, viajar a una velocidad superior a la de la luz, la antigravedad y los poderes parapsicológicos son imposibles y seguirán siendo imposibles. Sin embargo, muchos de estos elementos están más o menos estandarizados y aceptados en el género de la ciencia ficción. Prácticamente todo lo que apareció en la revista *Analog* del editor John W. Campbell Jr. ha sido aceptado, lo que incluye, afortunadamente, los dragones voladores telepáticos de Anne McCaffrey. Leí la primera historia de los dragones de Pern en *Analog* cuando era una niña, junto con otras historias que aún van más allá en la difusa frontera.

Todos estos elementos son físicamente imposibles, pero no sobrenaturales. Viajar más rápido que la velocidad de la luz es un *tipo* diferente de ficción que la de los fantasmas, los vampiros, los magos o los dioses. Me parece un poco confuso utilizar la misma palabra, *fantasía*, para ambos. La regla general que aplico, como lectora y como escritora, es que la presencia de cualquier cosa sobrenatural desplaza una historia directamente a la categoría de fantástica, independientemente de si la historia contiene naves espaciales que viajan por el espacio a cualquier velocidad.

Pero como siempre, algunas de las narraciones más interesantes, como también alguna de las disciplinas científicas más interesantes, exploran las fronteras. Constantemente se señala con el dedo a la ciencia ficción que salta hacia el campo de lo irreal (y contiene elementos como la velocidad superior a la de la luz o los poderes parapsicológicos), pero también hay novelas fantásticas fascinantes que entran sutilmente en el territorio de la ciencia ficción.

Unas de las primeras narraciones que encontré de este tipo hace mucho tiempo en las páginas de la revista *Analog* de la década de los sesenta, cómo no, fueron las historias de Lord Darcy escritas por Randall Garrett. Se trata de una serie de novelas e historias de misterio ambientadas en una década de los sesenta diferente con un pasado diferente basado en que, en la Edad Media, Ricardo Corazón de León no había sido asesinado en Francia, sino que logró recuperarse de sus heridas y fundó la dinastía Plantagenet que llegó hasta el siglo XX. En el mundo de Lord Darcy, la magia se considera y estudia como una ciencia, reemplazando o por lo menos compitiendo con las ciencias que hoy en día conocemos. Los principales personajes eran un detective tipo Sherlock Holmes y su ayudante, una especie de brujo forense. Estas historias desarrollaron muchos elementos que más tarde han sido copiados por muchos escritores, incluyendo la historia alternativa y el uso de la magia como una tecnología. Pero, en mi opinión, el elemento más encantador a medida que se desarrollan las historias es su reflexión extensa de la historia de la ciencia y del método científico, de un modo invertido, como reflejada en un espejo. Invita al lector a recapacitar sobre este aspecto de *nuestro* mundo y a dar menos cosas por sentado. No es posible leer las historias de Lord Darcy sin plantearse de dónde procede realmente nuestro mundo tecnológico.

La trilogía de ciencia ficción de C. S. Lewis que empieza con *Lejos del planeta silencioso* se mueve por el mismo camino pero en sentido contrario. Esta serie tiene los ornamentos habituales de la ciencia ficción: un primer viaje a Marte y un encuentro con marcianos inteligentes, criaturas cuya existencia todavía podía defenderse como posible en 1938, cuando se publicó por primera vez esta novela. Sin embargo, Lewis utilizó la alegoría como vehículo para una amplia reflexión en su teología cristiana, pues sus marcianos eran una raza espiritualmente inocente. La historia también incluye una crítica ácida de un materialismo como el de H. G. Wells en un diálogo metaliterario.

La primera vez que leí esta novela debía de tener unos catorce años de edad, una época en la que absorbía cualquier libro de este género indiscriminadamente, y encontré la historia muy confusa, pues por aquel entonces no sabía nada de teología. Procedente directamente de lecturas como *Rocket Ship Galileo*, asumí inmediatamente que los constructores de la nave espacial eran «los buenos», con lo que Ransom, un tipo raro que se unió al viaje, debía de ser una especie de saboteador o traidor. Este error de interpretación complicó mucho la trama para mi joven mente. Pensé que la causa de este error era que estaba escrito en inglés británico y no fue hasta que volví a leer *Lejos del planeta silencioso* diez o quince años más tarde, tras haber adquirido cierta formación religiosa, cuando me di cuenta de que había leído el libro *al revés* en cuanto a la lección moral que intentaba transmitir. Probablemente éste sea el ejemplo más claro que he experimentado sobre el modo en que la mentalidad del lector afecta a la lectura o las relecturas posteriores de un libro, y por ello considero que el *shock* fue muy positivo para mí. Creo que debería leer este libro de nuevo uno de estos días para ver qué más ha cambiado desde entonces.

Mi propia creación fantástica del mundo de Chalion, con sus cinco dioses, también está deformada por el pensamiento moderno, aunque con una doble intención. El panteón de Chalion consiste en la Madre del Verano, la diosa de las madres, de la maduración, de la medicina y de la fertilidad femenina; el Hijo del Otoño, el dios de los hombres jóvenes, la caza, la cosecha y la guerra; el Padre del Invierno, el dios de los padres, de la justicia, de la fertilidad masculina y de la muerte en la edad avanzada; la Hija de la Primavera, diosa de las mujeres jóvenes y de la educación, y el Bastardo, hijo de todas las cosas fuera de temporada, todos los remanentes que no encajan en el anterior esquema ordenado, incluyendo desastres, huérfanos, venganza, bastardos (por supuesto), las almas rechazadas por el resto de los dioses y el día 29 de febrero. Quería que la religión ficticia de esta fantasía de estilo medieval asumiera dos características de las religiones del mundo real: prestar un servicio genuino a las necesidades sociales humanas y tomarse en serio el misticismo. Este esquema procede en parte de mi reacción a las versiones hostiles, bobas o superficiales de la religión ficticia de la mala fantasía genérica, y en parte de mis propias lecturas históricas y religiosas.

Pero también quería diferenciarla de todas las religiones de nuestro mundo y especialmente quería que resistiera al dualismo, que considero que es un error filosófico que ha creado muchos problemas a lo largo de los siglos. Por eso creé cinco dioses, en cierta forma para repetir las estructuras del mundo real, como los cinco dedos de la mano o las cuatro estaciones y los remanentes, o los dos sexos y las tres fases de la vida, y también porque quería un número impar, que no pudiera dividirse equitativamente, porque en el mundo real, el bien y el mal nunca pueden dividirse claramente, siempre están mezclados, como el oxígeno y el nitrógeno en el aire. Estos dos elementos pueden separarse experimentalmente en formas puras, pero cuando volvemos al mundo real vuelven a mezclarse, aunque algunos lo olviden. La historia está repleta de errores cometidos por personas inteligentes que han intentado encajar una realidad confusa en una teoría demasiada ordenada. Y luego, cuando no ha funcionado, no han sabido ver que su teoría era incorrecta, sino que han decidido que era necesario moldear el mundo para que encajara en ella.

Sin embargo, la parte realmente diferente de la religión de Chalion está en sus bases metafísicas o cosmológicas. Los dioses de Chalion no son dioses creadores, no son dioses propuestos como principio. En este caso el principio es la propia materia, y toda la vida, incluyendo la de los dioses, procede de ella. Esto refleja una visión del mundo basada en la idea científica del siglo XX de las *propiedades emergentes*. En este panorama, la física surge como una propiedad emergente de la estructura fundamental del universo, la química surge de la física, la bioquímica de la química, las estructuras vivas de la bioquímica, el cerebro de estructuras menos complejas y el entendimiento de procesos electroquímicos del cerebro, en un flujo continuo y unificado. Así pues, no hay ninguna división entre cuerpo y mente o materia y espíritu, y pensar que sí la hay es un error o una ilusión.

No se trata de una idea nueva. En uno de los diálogos de Platón, que leí hace ya demasiado tiempo para recordar en detalle, aparece un hombre joven discutiendo con Sócrates sobre un modelo de la mente generado por el cuerpo, del mismo modo que la música proviene de una lira. Ésta era una buena metáfora de cómo funciona realmente el cerebro y la conciencia, excepto ahora que estamos creando una base de evidencia reproducible hasta el nivel molecular que explica exactamente cómo. Sin embargo, Platón estaba inmerso en el dualismo e hizo que Sócrates consiguiera que el joven abandonara su postura, que en realidad era correcta. En el debate filosófico resultante, tal como yo lo entiendo, el neoplatonismo venció durante algunos siglos sobre la visión alternativa, una especie de postura protocientífica avanzada por los aristotélicos. Esto me hace pensar que alguien debería escribir una novela con una historia alternativa tomando como punto de partida la victoria de los aristotélicos y analizando qué hubiera sucedido entonces (y no es que crea que el comportamiento de la humanidad hubiera sido mejor, ni tampoco peor).

De todos modos, para la teología de Chalion imaginé ese flujo de propiedades emergentes en un nivel superior y presenté a mis dioses como una propiedad emergente de todas las mentes de su mundo, pasadas y presentes. Como tal, se han desarrollado a partir de su mundo y siguen creciendo y cambiando con él. Los cinco dioses son también la única opción de vida después de la muerte, pues deben recordarte a la perfección después de que tu cuerpo deje de trabajar para que tú continúes. De este modo, la teología de Chalion contiene una vida después de la muerte que no está dividida en cielo e infierno sino en una continuación distinta de la existencia como parte de la mente de la divinidad o bien el olvido y el desvanecimiento en la nada.

La mayoría de esta cosmología se presenta entre líneas, por lo tanto no estoy segura de qué parte de ella llega realmente a los lectores. La explicación más explícita la encontramos en el sermón del personaje dy Cabon del capítulo 3 de *Paladín de almas*. Una lectura poco atenta que se limite a etiquetar el texto de fantasía genérica probablemente pierda las pistas diseminadas. Pero como mínimo un lector atento fue tan amable de bautizarlo como «teología especulativa», lo cual me complació y me divirtió mucho, y al mismo tiempo me proporciona la esperanza de saber que parte de lo que intentaba transmitir llega realmente al lector.

Con el tiempo he visto que la serie de Chalion debería estar formada por cinco libros, un volumen para cada uno de los cinco dioses y sus asuntos. Si alguna vez tengo la oportunidad de escribir los últimos dos libros de la serie, me gustaría explorar las consecuencias lógicas de esta cosmología como mínimo un poco más. Podrían ser dos libros «elásticos», tal como bautizó un escritor amigo mío a los proyectos que asustan a sus creadores por la posibilidad de un fracaso público verdaderamente bochornoso. Ya veremos.

En la fantasía y la ciencia ficción existen dos términos que conviven paralelamente para describir la reacción del lector ante su forma más conmovedora: «percepción de lo numinoso» y «sentido de la maravilla». En el ámbito de la fantasía, pueden definirse grosso modo como el abrumador temor reverencial que se siente en presencia de lo divino o del reino espiritual y, en el ámbito de la ciencia ficción, como el abrumador temor reverencial que se siente ante la complejidad o magnificencia del universo físico. Creo que son dos caras de una misma moneda. En el clímax de *La maldición de Chalion*, mi protagonista Cazaril pasa por una experiencia directa e intensa de manifestación de la mente de su diosa. Su respuesta ante este evento numinoso incluye un asombro tal ante el universo material que incluso la contemplación de una simple piedrecita es más de lo que su mente puede aguantar hasta que se calma un poco. Su acrecentada sapiencia espiritual no lo impulsa a rechazar el mundo material, al contrario, le anima a apreciar su belleza y valía. Se trata de la excitación del científico ubicada en el corazón de una historia fantástica.

Uno de los hilos principales del tapiz de la ciencia ficción es, y siempre ha sido, la crítica política contemporánea disfrazada con los atavíos de la ciencia ficción. Esto incluye utopías, distopías, y la especulación sobre el futuro próximo, incluyendo todas las historias tipo «si esto sigue así...» o historias admonitorias. Esto sucede también en el ámbito de la fantasía, pero aquí me atendré exclusivamente a la ciencia ficción. Tan sólo diré que una niña de once años amante de los caballos no debería bajo ningún concepto leer *Rebelión en la granja* de George Orwell pensando que se trata de una historia de animales que saben hablar. Os aseguro que el trauma me duró muchos años. De todos modos, esta ciencia ficción política es muy apreciada por los lectores a los que les entusiasman los argumentos políticos de actualidad y muy aclamada por los críticos con un modo de pensar similar. En el mejor de los casos aborda temas que, tras su publicación, seguirán siendo de interés durante décadas. En el peor de los casos, tiene una fecha de caducidad más corta que la de un yogur y se arriesga a convertirse en una propaganda de golpes sordos e inexorables que yo describo como «la escuela de ingeniería social que dice que los golpes seguirán hasta que la moral mejore».

Todo esto está muy bien en su lugar, pero aniquila y es el opuesto exacto de todo «sentido de la maravilla».

No creo que sea una coincidencia que la dominación del mercado de la ciencia ficción por parte de historias políticas descoloridas que suelen presentar la ciencia y la tecnología como el problema y no como la solución, vaya de la mano con la pérdida de historias positivas sobre la ciencia y la tecnología, y por supuesto con la pérdida de historias que representen la ciencia o la ingeniería real o a científicos o ingenieros como los protagonistas.

En parte la pérdida puede ser debida a que la nueva ciencia resulta difícil de entender para el escritor veterano. Todos los meses leo la revista *Scientific American*, una publicación con noticias y artículos de divulgación científica, y nunca tengo la sensación de ponerme al día, sino que siento que me estoy quedando atrás. Cada vez que giro la página se abren ante mí extensos campos que desconozco totalmente. El hecho de girar la página en lugar de pulsar el ratón ya muestra que estoy anticuada. La abundancia de conocimientos nuevos y accesibles es impresionante y al mismo tiempo un poco apabullante. Cuando me enfrento a esta vastedad de información me siento como una persona a la que han dejado en medio de un gigantesco supermercado moderno con la orden de comerse todos los alimentos que encuentre en las estanterías.

Hace poco, en una convención, la editora estadounidense de ciencia ficción Shawna McCarthy hizo unos comentarios interesantes sobre la creciente popularidad de la fantasía por encima de la ciencia ficción. Dijo más o menos que hace unos quince o veinte años, los editores de ciencia ficción de Nueva York empezaron a adquirir de forma prácticamente exclusiva el tipo de ciencia ficción política, fría y sombría que tanto ensalzaban algunos críticos. En ese momento parecía ser la reacción correcta ante el estado del género y del mundo. El problema es que la siguiente generación de escritores, que crecieron leyendo estas selecciones, sólo saben escribir ciencia ficción fría y sombría. Ahora que los editores buscan historias más positivas, aunque sólo sea para variar un poco, no les llega ni una.

Paralelamente, a lo largo del mismo período de tiempo, las ventas de ciencia ficción han bajado y bajado, superadas con creces por las ventas de fantasía, menos sujetas a esta tendencia distópica. No parecía que la editora creyera que esto fuera una coincidencia.

Aunque las películas de ciencia ficción que presentan una visión más optimista del futuro también han tenido éxito, debemos puntualizar que la ciencia ficción mediática normalmente va con un retraso de unos veinte años con respecto a la novela de ciencia ficción.

En la ciencia actual hay mucho «sentido de la maravilla». El día que escribí este discurso, me conecté al sitio web de la NASA para ver las últimas fotos deslumbrantes de Enceladus, una luna de Saturno. No sé cuántos de vosotros conocéis el sitio web *xkcd*, que se define como «un webcómic sobre romance, sarcasmo, mates y lenguaje», pero en esta web fue donde encontré la canción *Boom-de-ah-dah* que se inspiró en el anuncio comercial del Discovery Channel, una apología del «sentido de la maravilla» (véase *http://xkcd.com/442/*). Más personas tienen mayor acceso a más conocimiento que nunca antes en la historia; los problemas mundiales son muchos, pero también son muchos los recursos intelectuales con los que hacerles frente. No veo ningún motivo por el que el género que *inventó* el «sentido de la maravilla» se quede atrapado en la melancolía y oscuridad que hace veinte años que han caducado.

Algunos editores recuerdan el «sentido de la maravilla» que les provocaban las antiguas buenas novelas de este género y han hecho un verdadero esfuerzo por recuperar clásicos de la ciencia ficción que se escribieron hace treinta, cuarenta e incluso cincuenta años con la esperanza de que presten el mismo servicio a una generación nueva. Las intenciones son buenas, pero creo que es una iniciativa equivocada. Lo que realmente se necesita son historias nuevas y estimulantes con la voz de *esta* generación y que hablen de la ciencia de *esta* generación; historias que nos hagan abrir los ojos y la boca con asombro mientras decimos *¡Vaya! ¡Esto es fantástico!*; historias que hablen de un futuro fascinante y no de un futuro terrorífico. La pregunta de diagnóstico es la siguiente: ¿una historia destruye la alegría del mundo o la crea? Espero que como mínimo algún joven escritor experto en cuestiones científicas asuma el reto de este tipo de creación tan placentera.

Gracias.

LA COSECHA DEL CENTAURO

Eduardo Gallego
y
Guillem Sánchez

CAPÍTULO I

FISGONES

El cristalino de la cámara adoptó la posición de reposo y se tornó transparente una vez que el biólogo desactivó los filtros y puso el aparato en modo de espera. En el semblante del joven se dibujaba una sonrisa de pura alegría, como un niño con un juguete largamente deseado. Alzó la vista.

—La toma ha salido perfecta esta vez, Wanda.

—Aleluya. A la octava va la vencida —respondió la aludida, tratando de que la ironía disimulara el hastío.

—El depredador es precioso. —El biólogo, entusiasmado, no se había percatado del tono de voz—. ¡Menudo bicho! Me recuerda a un cruce entre escorpión y mangosta.

—Si tú lo dices... —La mujer se encogió de hombros; además, tampoco tenía pajolera idea de qué era una mangosta—. En cuanto te has tropezado con varios cientos, pierden su encanto; sobre todo, cuando amenazan con saltarte a los tobillos y colarse por la pernera del pantalón. Nosotros los llamamos *despanzurradores*. Los hay a patadas. Al menos, sirven para controlar las poblaciones de hadas cuando éstas amenazan con convertirse en plaga.

El biólogo se desentendió de ella y procedió a manipular uno de sus extraños aparatos. Wanda lo estudió de soslayo, tratando de no parecer descarada. Costaba acostumbrarse a su presencia. Se notaba a la legua que aquel extranjero venía de muy lejos. La gente normal no exhibía ese tono cobrizo de piel ni un porte tan desgarbado. Los huesos de brazos y piernas eran demasiado largos. Por no mencionar los ojos negros y el peinado que llevaba: parecía talmente un felpudo de los que ponían en los días de lluvia para limpiarse las suelas. «Míralo... Con esa complexión delicada y las manos tan suaves, seguro que no está acostumbrado al trabajo rudo. Si te abandonara con lo puesto en medio del bosque, no durabas ni un día, chaval.»

Wanda Hull era una colonizadora de pura cepa, orgullosa heredera de incontables generaciones de navegantes, y el polo opuesto a los científicos que se hospedaban en la casa comunal. Bastaba con echarle un vistazo para comprender que estaba adaptada a las penalidades y era ducha en el arte de sobrevivir con pocos medios. No pasaba de metro sesenta, su espalda era ancha y después de quince partos no cabía esperar que mantuviera cintura de avispa. Tenía callos en las manos y arrugas en torno a los ojos, fruto de décadas de bregar a la intemperie. Llevaba corta su melena rubia, ya que los colonos anteponían la comodidad a la coquetería. Las prendas que vestía también eran ante todo prácticas: botas flexibles, pantalones holgados, camisa blanca y un chaleco lleno de bolsillos. A diferencia del biólogo, se movía en silencio.

Wanda contempló distraídamente el banquete que se estaba dando el despanzurrador. Odiaba permanecer allí tocándose las narices, con la falta que hacía en casa. Estaba a punto de convertirse en abuela, se requerían brazos fuertes para la cosecha, las obras en la destilería avanzaban más lentas de lo previsto... Pero el Senado la había designado para ejercer de niñera con aquellos extranjeros, cuyo único aliciente parecía ser fisgonear por doquier y pasárselo bien, sin preocupaciones. Aquello pondría de mal humor a cualquiera con sangre en las venas.

El despanzurrador ya terminaba su ágape. De la presa sólo quedaba la cabeza y unas tiras de pellejo descarnado. Para complacer al biólogo, Wanda había perdido la mañana cazando hadas. Era fácil; aquellas criaturas de alas de libélula y cabeza gorda eran lentas de reflejos. Luego les arrancaba las alas de cuajo y las golpeaba contra un tronco para que se atontaran y quedasen quietas cuando las depositaba junto a la madriguera de uno de esos monstruitos. Y todo para que aquel tipo filmara el ataque y tomara fotos. Por si faltaba algo, le había tocado en suerte un científico patoso. De los mismos nervios, había echado a perder las primeras tomas. Tuvo que acechar, pillar y mutilar a ocho hadas hasta que el jovenzuelo se dio por satisfecho. Menos mal que las hadas abundaban y no eran muy espabiladas. Por otro lado, no se sentía culpable. Ya se sabía que esos bichos, debido a su rudimentario sistema nervioso, eran incapaces de sentir dolor.

Wanda consultó su reloj. Al biólogo se le iba el santo al cielo. Enfrascado en sus fotos y muestreos, no caía en la cuenta de que el resto de los mortales tenía cosas que hacer.

—Ya va siendo hora de comer —dijo, con la esperanza de que captara la indirecta, pero ni por ésas.

—¿Podríamos acercarnos a las colonias de insectoides de las que me hablaste ayer? Si eres tan amable, claro —añadió, tras una pausa.

Wanda suspiró. Entonces se le ocurrió una maldad deliciosa, y la llevó a la práctica. Se las ingenió para que el biólogo tropezara sin darse cuenta con un singular arbusto que los colonos denominaban *pringoso hediondo*. Los resultados fueron previsibles. No tuvieron más remedio que regresar a toda prisa para que el pobre desgraciado se diera una buena ducha. Por supuesto, la mujer se mostró muy compungida por aquel incidente imprevisto.

—¿Te has fijado cuántos críos? Se reproducen como conejos...

—No seas maleducado con nuestros anfitriones, Eiji, que te van a oír.

—Tranquila, Marga. No entienden palabra del interlingua. Disculpa si no paro de refunfuñar. Ya se me pasará el mal humor, pero cada vez que me acuerdo de aquella planta se me revuelven las tripas. Vomité hasta la última papilla delante de Wanda; qué vergüenza... Apostaría a que no existe nada que despida un pestazo tan desagradable en toda la galaxia.

Marga Bassat le dio a su compañero unas palmaditas afectuosas en el hombro y luego volvió a mirar a la vocinglera chiquillería. Le fascinaban aquel mundo y sus gentes. Sobre todo, se había enamorado de la casa comunal. Era la mayor estructura construida con madera que jamás hubiera visto. Troncos rectos como los mástiles de un gran velero formaban las paredes, pero quedaban empequeñecidos al compararlos con las columnas que sostenían el entramado de vigas del techo. Y todo estaba vivo. Los colonos habían elevado la Ingeniería Genética a la categoría de Arte. Sus moradas no eran construidas, sino que crecían y maduraban.

La casa consistía en una sola habitación que ocupaba varias hectáreas. Dentro había zonas reservadas para diversas actividades, pero sin separación nítida entre ellas: comedor, cocina, biblioteca, sala de juegos, auditorio... Sonidos y aromas se mezclaban en un acogedor caos que contrastaba con su mundo natal. Marga se había criado en el superpoblado Hlanith, donde la vida era ordenada, predecible y aséptica. En cuanto obtuvo el doctorado en Geología se largó de allí, y jamás se le pasó por la cabeza regresar.

Abstraída, caminó hacia una de las paredes. Acarició la áspera superficie, notando las irregularidades de la corteza. Desprendía un relajante olor a bosque. Estaba a miles de años luz de casa, pero se sentía como en el hogar, cómoda y protegida. Paseó la mirada por la decoración de los muros. Había un sinfín de retratos, emblemas de clanes y, sobre todo, frondosos árboles genealógicos.

Los colonos llevaban el nomadismo en la sangre. Hasta la fecha, no había encontrado ni un edificio construido con afán de perdurar. La misma casa comunal, pese a sus dimensiones, podía desmantelarse con rapidez y los troncos serían talados, reciclados para otros menesteres, o bien se permitiría a los árboles vivir, dejados a su aire. Y, sin embargo, era un pueblo orgulloso de sus raíces. Impresionaba ver cómo los abuelos enseñaban a renacuajos de apenas cinco años a memorizar larguísimas listas de antepasados... y los pequeños las aprendían, y las recitaban con aquellas vocecillas agudas.

Pensó en las palabras de Eiji Tanaka, el biólogo. Sí, había niños por doquier. Era difícil acostumbrarse a la omnipresencia de aquellos pequeños salvajes, que armaban un barullo de mil demonios. En el Ekumen, las pirámides de edad menguaban por la base. Aquí, en cambio, la elevada fertilidad compensaba una vida más corta. Por otro lado, la población crecía exponencialmente. Así se explicaba que aquellas gentes hubieran podido colonizar un sector tan vasto del brazo galáctico en apenas 3.400 años.

En los pasatiempos infantiles no había discriminación sexual. Todos competían a la hora de imaginar travesuras, reír y chillar. Marga esquivó a un grupo de mocosos que se habían organizado en dos bandos, y se perseguían siguiendo unas reglas incomprensibles para los adultos. No hicieron el menor caso a la geóloga; se habían acostumbrado a los forasteros.

—Juegan a imperiales y fugitivos —dijo una voz a su lado.

Marga dio un respingo. Acto seguido sonrió.

—Caminas con sigilo de gata, Wanda. Nunca te oímos llegar.

—¿Seguro? —La mujer puso cara de incredulidad—. A lo mejor, sois vosotros los sordos. —A continuación, dio unas palmadas y gritó con voz potente—: ¡Jovencitos, dejad de alborotar y a comer!

Los niños pusieron caras de decepción y trotaron a lavarse las manos. Marga se fijó en que Wanda los miraba con enfado fingido.

—Se te cae la baba, amiga mía —señaló, divertida.

—Me voy tornando blanda con la edad. —Suspiró—. Esos enanos hacen que todo merezca la pena. Son los depositarios de nuestra esencia. Perviviremos en ellos cuando nuestros huesos se hayan fundido con la tierra, igual que los ancestros permanecen en nosotros.

Marga se removió, inquieta. Como a tantos de sus compatriotas, le incomodaba hablar de la muerte. Buscó otro tema de conversación.

—¿Ya es hora de comer? —Se palmeó la barriga—. Desde que empezamos esta misión, debo de haber engordado cinco kilos.

—No digas tonterías. —Wanda la miró de arriba abajo—. Estás en los huesos, chiquilla.

—¿Chiquilla? Puede que tenga más años que tú, Wanda.

—Pues no los aparentas. Voy a avisar al resto. Nos vemos en la mesa.

En verdad, existía un acusado contraste entre ambas. Mientras que Wanda podía calificarse de *modelo compacto*, Marga era alta, delgada, con rostro aniñado y cabello azabache recogido en una coleta. Pero ese aparente infantilismo se debía al seguro médico y a las técnicas de regeneración. En cambio, los colonos envejecían rápido, aunque no les importaba. Marga recordó una charla que había mantenido semanas atrás con una anciana. Ésta se pasaba el día sentada en una mecedora de mimbre bajo el porche de casa. Su cara presentaba más arrugas que una pasa, y el cuerpo estaba encogido, artrítico. Wanda le dejó caer que en el Ekumen podría someterse a una cura de rejuvenecimiento. La buena señora la miró con ojillos pícaros.

—¿Prolongar la vida? ¿Para qué? Ya he trabajado bastante, y he obtenido todo lo que una puede desear. En mis años mozos me lo pasé de miedo. ¡Menuda pieza fui! —Se le escapó una risilla—. Luego senté cabeza, contribuí a colonizar este mundo y aporté mi cuota de hijos. Tengo la conciencia tranquila, y la sensación de haber sido útil. Mis nietos me quieren. Cuando muera, me llorarán y honrarán mi memoria. Las generaciones futuras sabrán lo que hice por los siglos de los siglos. Y mientras me llega la hora, tomo el sol tan ricamente y doy consejos cuando me los solicitan. ¿Se puede pedir más?

Marga no supo qué responderle. Estaban locos aquellos colonos.

—Lo dicho: voy a acabar como una foca —comentó Marga tras dar buena cuenta del postre. Pese a sus palabras, no lucía muy infeliz.

—Transmita usted nuestras sinceras felicitaciones al cocinero —apostilló un hombre calvo, mientras apuraba un chupito de licor.

—Todos los días me dices lo mismo, Manfredo. —Wanda sonrió y se levantó del banco de madera—. Bien, dejemos a los jóvenes recoger la mesa y vayamos a por los cafés.

Wanda se encaminó a la zona habilitada como bar, seguida por los científicos. Sortearon a los paisanos que jugaban a las cartas o a los dardos y se sentaron en unos taburetes junto a la barra.

—¿Lo de siempre? —preguntó el chico que atendía la cafetera, un armatoste de aspecto antediluviano. Todos asintieron, y empezó a trastearla como si fuera un alquimista en pos de la piedra filosofal.

Mientras esperaban, Wanda observó a los científicos. De acuerdo, serían un incordio, pero en el fondo le agradaba estar con ellos. Puede que acabara por tomarles cariño. Bueno, a unos más que a otros. Marga parecía buena chica, simpática y de amena conversación. Era un ejercicio interesante contemplar a la propia sociedad a través de los ojos de aquella extraña. En cambio, Eiji tenía menos don de gentes que un despanzurrador. Apenas se interesaba por otros temas que los del trabajo. Lo sacabas de sus bichos, sus hongos y sus plantas, y se convertía en un ser vacío, anodino.

El tipo calvo, Manfredo Virányi, era el más raro del lote. Además de una cara de rasgos aquilinos y una piel blanca como la leche, el arqueólogo hacía gala de una cortesía exagerada. Era el único que aún se empeñaba en tratar de usted a los demás, sin importarle el tuteo franco y enemigo de formalidades que los colonos empleaban con amigos y extraños. Wanda se veía incapaz de calcularle la edad. Bueno, al resto tampoco. Aquellos forasteros le parecían a veces alienígenas, incluso la no científica del grupo. Se trataba de Nerea Vidal, encargada de pilotar la lanzadera. Era la más asequible, y en alguna ocasión se había brindado a transportar a los lugareños cuando ocurría una emergencia en horas intempestivas: accidentes laborales, partos prematuros... Menuda y dicharachera, todos la apreciaban pese a su singular apariencia, con la tez muy oscura y un corte de pelo que recordaba a una cresta hirsuta.

Como todos los días a esa hora, Manfredo formuló *su frase*:

—Confío en que no le estemos resultando una contrariedad, señora Hull.

Wanda no pudo evitar sonreír. Aquel tipo era de ideas fijas; siempre salía con lo mismo. Contestó con la respuesta habitual:

—No nos suponéis molestia alguna, Manfredo. Por cierto, ¿cómo te va con las ruinas?

La faz del arqueólogo se iluminó.

—Son fascinantes y frustrantes al mismo tiempo. Por desgracia, sólo hay vestigios de construcciones, nada de enseres ni cadáveres que nos proporcionen pistas sobre sus moradores. Tampoco sabemos qué les sucedió. Es como si una catástrofe inimaginable los hubiera borrado de la faz del cosmos.

—¿Quizás un colapso ecológico, al estilo de los mayas en la Vieja Tierra? —apuntó Nerea.

Manfredo sonrió a la piloto, que ya había dado muestras en otras ocasiones de poseer una notable cultura general.

—Ni idea, señora Vidal. No he detectado cambios en la vegetación ni señales de cataclismos. Misterio *habemus*.

—Hay ruinas alienígenas en otros mundos —terció Wanda—. ¿Han sacado sus colegas algo en claro de ellas?

—Me temo que no. Hasta la fecha, ni ustedes ni nosotros hemos dado con alienígenas inteligentes vivos en el brazo de Centauro. O Scutum-Crux, como era denominado antiguamente —puntualizó.

—Ah, ya están aquí los cafés —dijo Wanda—. En ningún otro lugar los encontraréis mejores que en Eos.

—Eos... Curioso nombre el de vuestro planeta —comentó Marga, mientras su olfato se deleitaba con el exquisito aroma que surgía de la taza.

—Caprichos de nuestros antepasados. Si queréis que sea sincera, no tengo ni idea de qué o quién fue Eos.

—La diosa griega del amanecer. Los romanos la conocían como Aurora —explicó Manfredo—. Fue la madre de los cuatro vientos: Bóreas, Euro, Céfiro y Noto. Tuvo más hijos, por supuesto. Por ejemplo, cuando uno de ellos, Memnón, fue muerto por Aquiles en la guerra de Troya, Eos lo lloró durante toda la noche. Sus lágrimas, el rocío, aún pueden verse todas las mañanas adornando los prados.

—¿De veras? —Wanda puso cara de sorpresa—. No lo sabía. Así que nuestros ancestros bautizaron a este mundo con el nombre de una recatada diosa...

—¿Recatada? —Manfredo se permitió una sonrisa—. Cada amanecer, Eos iba a la caza de apuestos jóvenes. Más de una vez tuvo problemas con Afrodita por el tema amatorio. Me viene a la cabeza el caso de Titono. Eos se encaprichó tanto de él que le rogó a Zeus que le concediera la inmortalidad. El Padre de los Dioses dijo que amén, y Eos se quedó la mar de contenta... Hasta que, transcurridos unos años, descubrió que se le había pasado por alto un pequeño detalle. Además de la inmortalidad, tendría que haberle pedido a Zeus que le concediera a Titono *la eterna juventud*.

Los oyentes rieron de buena gana con la anécdota.

—Los dioses griegos eran deliciosamente crueles. Creo que fueron ellos quienes inventaron el concepto de humor negro —continuó Manfredo—. El paganismo clásico fue la religión más divertida que ha producido la Humanidad. Sin duda, dio muchos menos problemas que los monoteísmos que lo reemplazaron.

—Estás hecho un pozo de sabiduría, Manfredo.

—Cultura general. Eso es que usted me mira con buenos ojos, Wanda.

Siguieron charlando de banalidades mientras apuraban el delicioso y humeante contenido de las tazas. Wanda notó que, como de costumbre, Eiji disimulaba mal su impaciencia. Aquel biólogo sólo era feliz cuando zascandileaba en el laboratorio de campaña o metía datos en el ordenador. Se preguntó si en su mundo natal tendría vida social, o moriría siendo un empollón sin remedio. Para variar, se buscó una excusa que le permitiera abandonar la casa comunal:

—Creo que tengo que dejaros, Wanda. Debo procesar las muestras de ayer, y seguro que tú también tienes tareas que hacer. No quiero contribuir a alterar vuestra rutina cotidiana.

Wanda se quedó con ganas de soltarle: «Mejores excusas he oído, chaval», pero su educación se lo impidió.

—Como le dije al bueno de Manfredo, no nos molestáis. Más aún, servís para que asustemos a los niños cuando no quieren comerse la sopa. Les amenazamos con que os los llevaréis en una nave a vuestros mundos tenebrosos, y no dejan ni un fideo en el plato. Pero si en verdad queréis sentiros útiles... —Le vino una idea a la cabeza—. Hace tiempo que tengo una duda que quizá vosotros, con vuestros medios, podríais resolverme. Os parecerá una tontería, pero... ¿Sabéis por qué en Eos no hay combustibles fósiles?

Los científicos, pillados por sorpresa, se quedaron mirándola.

—¿Estás segura? —Marga fue la primera en reaccionar—. Apenas hemos empezado con los mapas geológicos, pero en cualquier planeta como éste, con tectónica de placas, grandes océanos y abundante vida autóctona, tarde o temprano se forma petróleo o algo similar. Basta con que se creen condiciones de anoxia en el fondo de un mar somero, que los restos orgánicos se acumulen y la naturaleza se encarga del resto.

—Bueno, tampoco es que sea tan importante. —Wanda se rascó la nuca—. Los colectores solares y generadores eólicos proporcionan energía suficiente para nuestras necesidades. En cuanto a los hidrocarburos, manipulamos a las plantas para que los sinteticen, pero se trata de un tema que me llama la atención. Hay unos cuantos mundos con vida autóctona floreciente, pero sin petróleo y, ahora que lo pienso, creo que en ellos tampoco se encuentran fósiles dignos de tal nombre. En cambio, otras colonias disponen de inmensos yacimientos de combustibles, muy baratos de explotar. Disfrutan echándonoslo en cara. —Sonrió.

Ahora fue el biólogo quien se mostró extrañado.

—¿Mundos sin fósiles? ¿No será que habéis buscado poco?

—Qué quieres que te diga. —Wanda se encogió de hombros—. Cuando ocupas un planeta, bastante tienes con salir adelante. Resolver enigmas que carecen de aplicaciones prácticas no está entre nuestras prioridades, pero a vosotros esas cosas parecen gustaros.

Marga creyó detectar cierta hostilidad soterrada en el cruce de palabras entre Wanda y Eiji. Se apresuró a intervenir; no deseaba que sus anfitriones se disgustaran.

—El tema parece interesante, Wanda. Lo tomaremos como un desafío científico. ¿Sabes si existen muchos mundos como Eos, con vida establecida pero aparentemente sin petróleo ni registro fósil?

—Pues unos cuantos; tendría que hacer memoria. Eso sí, juraría que todos ellos se encuentran en la Vía Rápida.

—¿Eh? —preguntaron al unísono Marga y Eiji. Fue Nerea, la piloto, quien respondió:

—Algunos colonos me han hablado de ella. Se trata de un peculiar pliegue del entramado hiperespacial que facilita enormemente los viajes siderales. Creo que tiene que ver con el solapamiento anormal de ondas de presión en el brazo galáctico.

—En efecto —ratificó Wanda—. Los saltos hiperespaciales requieren mucha menos energía y son más seguros a lo largo de la Vía Rápida. La descubrimos hace unos 900 años. Y estoy convencida: en ninguno de los mundos que hemos colonizado a lo largo de ella hay combustibles fósiles.

—Qué chocante. —Eiji parecía interesado por primera vez en un tema ajeno a su plan de trabajo—. Si tal cosa fuera cierta, estaríamos ante un peculiar fenómeno natural. ¿Por qué no lo habéis investigado antes?

—Ya te he dicho que es una cuestión de prioridades —replicó Wanda—. Y a lo mejor sólo se trata de una idea mía sin base real.

—Eso se solucionaría si vuestras colonias pusieran en común las bases de datos, en vez de marchar cada una a su aire. —El biólogo adoptó un tono acusador—. Así, los conocimientos alcanzarían una masa crítica que facilitaría el avance científico. Pero no; os veis abocados a confiar en la memoria de los viajeros que...

Un codazo disimulado en las costillas propinado por Marga cortó en seco la diatriba. La geóloga temió que su colega hubiera irritado a Wanda, pero ésta se lo tomó como si se tratara de la rabieta de un mocoso impertinente, sin otorgarle importancia.

—Creo que no te haces cargo de lo condicionados que estamos por nuestra historia. Ha forjado nuestra forma de ser y de entender el cosmos —explicó, sin acritud—. ¿Habéis visto a los niños jugar a imperiales y fugitivos? A su manera, reproducen un hecho real. Supongo que Manfredo, como buen arqueólogo, sabrá a qué me refiero.

—En efecto, señora Hull —respondió, con su cortesía habitual—. Cuando el Imperio surgió de las cenizas del Desastre, hace casi cuatro milenios, se dedicó a sojuzgar a cuantos mundos se cruzaban en su camino expansionista. Su poderío era irresistible.

—En efecto, pero no contaron con la audacia de nuestros

antepasados, empeñados en terraformar un planeta infernal en torno a un sol amarillo. Cuando los imperiales trataron de someterlos, no capitularon ni se cruzaron de brazos. Perpetraron un golpe de mano audaz y se apoderaron de un acorazado, nada menos. Pasaron a cuchillo o arrojaron al vacío a los invasores, metieron a toda la población en aquella nave mastodóntica y salieron a calzón quitado de allí, perseguidos por una flotilla de veinte naves de línea.

—Tuvo que ser digno de verse —dijo Nerea.

—Desde luego, amiga mía. Era cuestión de tiempo que los atraparan y los ejecutaran o algo peor, así que adoptaron medidas desesperadas. Empezaron a dar saltos hiperespaciales cada vez más arriesgados, sin rumbo prefijado, tratando de esquivar a los sabuesos que les mordían los talones. Y tuvieron una suerte loca, irrepetible: *el salto perfecto*.

—Y que lo digas —apuntó la piloto—. Los saltos son posibles a lo largo de los brazos galácticos, pero las ondas de presión que los generan y la distribución de materia oscura hace que sea prácticamente imposible pasar de un brazo a otro, y menos aún hacia el núcleo.

El arqueólogo asentía con la cabeza.

—A lo largo de ocho milenios —explicó—, la Humanidad ha sido incapaz de salir del brazo de Orión, salvo alguna excepción notable. Por accidente, una misión exploradora pudo entrar en el brazo de Sagitario, aunque acabó por perder el contacto con el resto del universo civilizado cuando el Desastre y el caos subsiguiente. Allí organizaron una civilización muy peculiar; los denominamos Hijos Pródigos. Cuando volvieron a dar señales de vida, supuso toda una sorpresa.

—Aunque nada comparada con la que significó descubriros a vosotros —intervino Marga—. Un salto desde el brazo de Orión al de Centauro... Como dirían los antiguos, a vuestros antepasados se les apareció la Virgen.

—En efecto. Los perseguidores nos perdieron el rastro, y descubrimos que habíamos ido a parar a un lugar de la Vía Láctea tan remoto que nadie podría encontrarnos. Estábamos solos, y se nos brindaba la oportunidad de empezar desde cero. Y si algo se les daba de maravilla a nuestros ancestros, era domesticar mundos.

»Desde el principio todos acordamos renegar del poder absoluto, al estilo imperial. Nadie dominaría a nadie. Nuestro mayor orgullo es la autosuficiencia y huimos de cualquier conato de centralismo, porque significaría el control de una colonia sobre las demás. Por eso rechazamos las bases de datos centralizadas; quien retuviera información privilegiada, estaría tentado a usarla en provecho propio.

—Quien quita la ocasión, quita el peligro —citó Manfredo—, que decían los antiguos curas. Aunque refiriéndose a las relaciones carnales, claro está —sonrió.

Wanda lo miró sorprendida.

—¿Aún quedan curas y sacerdotes en vuestros mundos?

—Sólo como curiosidad turística en algún parque temático.

—Después de la mala experiencia con los opresores imperiales, nuestros antepasados se deshicieron de ellos. Nadie los ha echado en falta desde entonces —siguió Wanda, y miró con sorna a Eiji—. Entre mantener la independencia y alcanzar tu ansiada *masa crítica* científica... Bien, elegimos lo primero, y nos va de maravilla. Ninguna colonia es hegemónica. En caso de intentarlo, las demás le aplicamos el ostracismo o amenazamos con unirnos para darle un escarmiento, y a los revoltosos se les bajan los humos de inmediato. Por otra parte, mantenemos relaciones fluidas entre nosotros. Nos gusta viajar e intercambiar experiencias.

—Me recuerdan ustedes a los antiguos griegos —dijo Manfredo—. Políticamente estaban desunidos y se llevaban a matar, pero tenían conciencia de pertenecer a una esfera cultural común, el helenismo.

El biólogo no parecía muy interesado en referencias históricas, así que fue al grano:

—Wanda, ¿podrías indicarme qué planetas carecen de combustibles fósiles? Con un poco de suerte, estarán siendo visitados por otras expediciones científicas nuestras. Les pediré datos, a ver si descubro alguna conexión interesante.

Eiji manipuló los controles de su muñequera izquierda y el holograma de un terminal de ordenador se materializó en el aire. Pasó sus manos por aquella visión incorpórea, y empezaron a brotar lucecitas y pantallas evanescentes. Los parroquianos se acercaron a mirar. Wanda sonrió; seguro que al biólogo le encantaba ser el centro de atención. Le facilitó los nombres de los mundos que buenamente recordaba y lo dejó a su aire. Eiji se había desconectado del resto del universo, enfrascado en su búsqueda de información.

—No está nada mal el cachivache de alta tecnología —comentó Wanda.

—Debió de suponer un tremendo choque cultural cuando una de nuestras naves apareció en Centauro hace dos años —comentó Manfredo.

—Imagínatelo; con lo tranquilos que estábamos... El ataque de nervios remitió un poco cuando vuestros jefes nos aseguraron que el Imperio había desaparecido hacía muchos siglos, y que el gobierno del Ekumen no tenía intención de anexionarnos. Pero sólo un poco. Desconfiamos de quienes presumen de buenas personas.

—¿Qué ganaríamos con invadiros? —intervino Marga—. Los tiempos de la Corporación y el Imperio pasaron ya. Nos regimos por una ética solidaria, no de confrontación. Además, en la galaxia hay sitio de sobra. Se están buscando puntos de salto hacia el exterior, al brazo de Perseo. Nuestro interés por vosotros es puramente cultural y científico.

Wanda lucía un tanto escéptica.

—Ética de solidaridad, sí... Cuando aparecisteis por el vecindario, las colonias llamaron a asamblea general y decidimos pediros educadamente que os largarais. Si en verdad respetabais las voluntades ajenas, ¿qué mejor prueba de buena fe que dejarnos en paz? Pero insististeis en que os gustaría cartografiar Centauro y que no interferiríais en nuestros asuntos.

—Es comprensible, señora Hull —la interrumpió Manfredo—. La Humanidad se ha enfrentado a algunas especies alienígenas hostiles. Es normal que deseemos tenerlo todo bajo control para detectar presuntas amenazas.

—Se trata de vuestro problema —objetó Wanda—. Nosotros nos negamos a aceptaros. Los visitantes prudentes han de saber cuándo están de más. Sin embargo, vuestros jefes hicieron un último intento de conciliación. Invitaron a nuestros representantes a una cena de gala, para tratar de llegar a un acuerdo. Por cortesía, además de por curiosidad, accedimos. Yo estuve allí, y jamás podré olvidarlo —miró a los científicos muy seria, y prosiguió—. La cena tuvo lugar en una de vuestras naves. Esperábamos un transbordador de lujo o algo similar, pero se trataba de una astronave de guerra de última generación. Era impresionante. Pese a que a nadie se le escapó una mala palabra, y todos se mostraron amabilísimos, la sensación de poderío era abrumadora. En fin, que probamos los aperitivos, degustamos unos vinos excelentes, nos atiborramos de aquellas cosas tan ricas... ¿Cómo se llamaban? Lo tengo en la punta de la lengua.

—Mollejas de gandulfo —aclaró Manfredo—. Se sacan de...

—Prefiero no saberlo —lo cortó Wanda—. En fin, que resultó una velada deliciosa. Y a la hora de los postres nos ofrecieron un espectáculo *pirotécnico.* —Pronunció esta palabra con retintín—. La nave se hallaba cerca de una enana roja sin planetas. Apuntaron sus armas a la estrella *y la convirtieron en nova*. Así, por las bravas. Luego nos sirvieron los cafés y los licores, como si nada del otro mundo hubiera pasado.

—Sin duda, se trató de un revientaestrellas —intervino Nerea—. Puede alterar el campo gravitatorio del sol, anulándolo unos segundos. La presión de radiación hace el resto.

—Y supongo que esa arma no sirve sólo para impresionar a las visitas, ¿verdad?

—La última vez que se empleó en un conflicto bélico fue precisamente contra el Imperio —dijo la piloto—. Varios sistemas problemáticos fueron... ¡Bah, olvídalo! Para no herir tu sensibilidad, te basta con saber que hubo doce mil millones de muertos. O de daños colaterales, en lenguaje políticamente correcto.

—Por supuesto, nuestro gobierno ya no actúa así —se apresuró a puntualizar Marga.

—Ya, ya... —Wanda sonrió—. Captamos la sutil indirecta, qué remedio. Tuvimos que creer que actuáis de buena fe y acceder a vuestras peticiones. Y aquí estamos —se apresuró a tranquilizar a sus interlocutores—. Pero ya se sabe que del roce nace el cariño, y nos hemos acostumbrado a vosotros. No os entrometéis en nuestros asuntos, y os soportamos como si se tratara de una plaga de antropólogos.

Discutieron amigablemente un rato más, mientras la vida seguía a su alrededor y avanzaba la tarde. De repente, algo los sobresaltó. El biólogo, en contra de su costumbre, había proferido un taco sumamente grosero.

—¿Te sucede algo, Eiji? —preguntó Marga, preocupada. La faz del biólogo se había quedado pálida como la cera, y miraba a los hologramas con ojos desencajados. Cualquiera diría que se le había aparecido un fantasma.

—Parece que ya le ha vuelto el alma al cuerpo —observó Manfredo.

—Tiene mejor color, desde luego —añadió Wanda—. Un carajillo de ron bien cargado es mano de santo para levantar el ánimo. Y ahora, Eiji, ¿debo llamar al médico o a un exorcista?

El biólogo parpadeó, como si por fin se diera cuenta de dónde estaba. Recorrió con la mirada a sus colegas, entreabierta la boca. Si no fuera por lo insólito de la situación, habría resultado cómico. Se detuvo al llegar a Wanda.

—El código genético es idéntico —murmuró.

El semblante de Wanda reflejaba incomprensión. Eiji prosiguió. Hablaba con tono vacilante, como si le costara admitir sus propias palabras:

—Solicité a los ordenadores de otros grupos de investigación que me facilitaran ciertos datos. Aún no están elaborados, ya que seguimos en la fase de exploración preliminar, pero... —Parecía estar disculpándose—. Resulta que la biota autóctona de los mundos de la Vía Rápida es *bioquímicamente idéntica*. Hay variaciones de forma muy notables, pero si prescindimos de las apariencias y hurgamos en lo esencial, los seres vivos de todos esos planetas, separados años luz unos de otros, se rigen por el mismo código genético. Que no tiene nada que ver con el ADN o el ARN, antes de que me lo preguntéis.

Se hizo un silencio incrédulo. Hasta Nerea, la piloto, captaba las implicaciones.

—Es imposible —dijo Wanda, por fin—. Las leyes del azar dictaminan que la evolución bioquímica y orgánica sea diferente en cada mundo. Las moléculas de los bichos de planetas distintos son incompatibles. *Siempre*. Pero suponiendo que sea cierto, ¿cómo es que vosotros, con la tan cacareada *masa crítica* científica, no os habíais percatado antes?

Aquélla fue una pregunta maliciosa, y logró que Eiji saltara indignado:

—¡Nuestros equipos apenas llevan unos meses en el brazo de Centauro! El salto hasta aquí es difícil y muy caro desde el punto de vista energético. Por eso, somos menos de los que deberíamos. Además, la tecnología que nos han dejado traer deja bastante que desear y...

—¿Quizá para que vuestros aparatos más avanzados no caigan en poder de los malvados colonos? —lo interrumpió Wanda, con una sonrisilla cínica que sacó de sus casillas al biólogo, ya de por sí bastante alterado.

—¡Basta ya de cachondeo! ¡Lo que ocurre con vosotros es...!

—Eiji.

Marga no había levantado la voz, pero logró parar en seco la rabieta de su compañero. Wanda asintió, complacida. Cuando una mujer miraba así a un hombre, a éste no le quedaba más remedio que cerrar el pico y desear que la tierra se lo tragara. Su aprecio por la geóloga creció considerablemente.

—Disculpadme —continuó Eiji, avergonzado—. Para inventariar los recursos de un sector tan extenso como el ocupado por las colonias, hay que ir paso a paso. El primero es la recopilación de información. Una vez que se dispone de un nivel suficiente de datos, es el turno de analizarlos y compararlos entre sí. Por desgracia, aún no hemos llegado hasta ese punto.

—Lo comprendo —Wanda contemporizó—. Volviendo al tema que nos preocupa, sabrás mejor que yo la improbabilidad de que en dos planetas separados se repita la infinidad de minúsculos pasos aleatorios que conlleva la evolución. Y no digamos en varias docenas de mundos... Sería como arrojar un dado un billón de veces y obtener la misma secuencia de resultados cada vez que repitiéramos la jugada.

—Cuando se ha eliminado lo imposible, sólo queda lo improbable —admitió Eiji—. Puesto que la naturaleza no permite esa coincidencia de códigos genéticos, tendremos que asumir la hipótesis de una panspermia dirigida. Alguien sembró la vida a lo largo de la Vía Rápida.

Un murmullo de asombro surgió en torno al bar. No sólo los científicos, sino unos cuantos parroquianos habían estado pendientes de la conversación. Pronto se iniciaron animadas conversaciones que degeneraron en controversias. Curiosamente, Eiji era el más callado de todos, como si le costara asimilar su propia deducción. Nadie reparó en el arqueólogo. Manfredo Viranyi había conectado su ordenador y consultaba algo en él con expresión concentrada. En un momento dado apagó el artilugio, se puso en pie, se alisó las arrugas del traje y carraspeó.

—Damas y caballeros, ¿serían tan amables de concederme su atención?

El parloteo cesó como por ensalmo. Todos se quedaron contemplándolo expectantes.

—Muchas gracias. Intrigado por la teoría de la panspermia del doctor Tanaka, me he dejado arrastrar por una corazonada. —La dicción de Manfredo era exquisita, al estilo de un profesor universitario de la vieja escuela—. Solicité a otros grupos de investigación que me indicaran dónde se habían hallado ruinas alienígenas. Adivínenlo.

Capítulo II

INQUISIDORES

—Aterrizaremos en aquel calvero del bosque y seguiremos a pie hasta el campamento, Wanda. Este armatoste es incapaz de acercarse más.

—Descuida, Nerea. Apenas habrá kilómetro y medio; ideal para desentumecer las piernas.

La piloto maniobró la vetusta lanzadera y la posó con la suavidad de una pluma sobre la hierba. Era un aparato voluminoso, con alas en delta y una gran deriva triangular. Wanda estaba convencida de que tan obsoleto vehículo había sido escogido ex profeso para no mostrar a los colonos una tecnología demasiado avanzada.

En cuanto se apagaron los motores, las dos únicas ocupantes saltaron a tierra, mochila en ristre.

—No hace falta que conectes el antirrobo —bromeó Wanda—. Por aquí no suelen venir los ladrones.

—Estupendo; así me ahorro tener que guardar los tapacubos en el maletero —replicó Nerea de buen humor.

Wanda se sentía revivir cuando caminaba por los bosques de Eos. La zona que albergaba el yacimiento arqueológico era una de sus favoritas, estaba salpicada de colinas cubiertas de frondosa vegetación y roquedos erosionados. Los árboles nativos, con sus péndulos abanicos esmeraldas y las copas en parasol, se alternaban con otros de origen terrícola. Éstos habían sido modificados para no interferir con la biota alienígena. Así, todas las especies se toleraban y enriquecían el paisaje con pinceladas cambiantes de colores y formas. Palmeó, de pasada, el tronco de un pino resinero adaptado para sintetizar lubricantes industriales. Sí, amaba como un hijo a aquel planeta, al que habían *educado* para que aceptara a los seres humanos.

Tras aquella memorable tarde en el bar, los acontecimientos se habían precipitado. Eiji efectuó unos cuantos viajes para entrevistarse con sus superiores. Conforme pasaban los días se le notaba más preocupado a la par que excitado, pero no desvelaba sus secretos. Poco después, los científicos pidieron que se les dejara montar un campamento al borde de las ruinas. Allí, aislados cual cenobitas, los contactos con los nativos se redujeron a lo imprescindible. La sufrida Nerea tenía que hacer horas extra, con tanto trasiego entre el campamento, la casa comunal y las naves espaciales.

Los colonos pusieron buena cara, aunque resultaba irritante que los forasteros se enclaustraran y los ignoraran. Quizá se hubieran topado con algo grande, pero bien podrían compartirlo con los demás. En fin, se dijo Wanda, más valía tarde que nunca. Ahora deseaban intercambiar impresiones con ella y estaba muy intrigada por lo que pudieran contarle. Por supuesto, luego informaría puntualmente al Senado. Mientras, disfrutaría del paseo.

Se fijó en Nerea, que caminaba unos pasos por delante de ella. De todos los extranjeros, era quien mejor se movía por el campo. ¿Gracia natural o adiestramiento militar? ¿Era la piloto más de lo que aparentaba? Aquella gente parecía muy reservada, el polo opuesto a la camaradería extrovertida de que hacían gala los colonos. Por un lado, su comportamiento se le antojaba infantil; por otro, parecían ser depositarios de oscuros secretos.

—¿Qué ha sido eso?

Wanda se agachó por acto reflejo cuando una rauda sombra se cruzó ante sus ojos.

—Creo que se trata de una de esas mariposas de cabeza gorda que tanto abundan. Las llamáis hadas, ¿no? —dijo Nerea.

—Ajá. —Wanda se detuvo y miró al animal, extrañada—. Habitualmente no se comportan así. Tienden a ignorarnos. ¿Qué le ocurrirá?

Efectivamente, el hada parecía haber enloquecido. Revoloteaba sin ton ni son, dando veloces pasadas en torno a las mujeres. Las alas de un costado tendían a ponerse rígidas, como si sufriera problemas musculares. Sin embargo, Wanda creyó entrever un propósito en aquellos paroxismos. Nerea también se percató.

—Juraría que nos induce a seguirla.

—Imposible. —Wanda estaba perpleja—. Las hadas son lo más tonto que parió madre. Sólo se guían por instintos primarios: alimentarse y reproducirse. Nuestros biólogos las han estudiado hasta la saciedad.

—Pues ésta igual no ha leído los informes científicos. Obsérvala atentamente. Me recuerda a los documentales sobre aves, cuando las hembras fingen tener un ala rota para alejar a los depredadores del nido.

—¿Nido? Las hadas ponen sus huevos en las copas de los árboles y luego se desentienden de ellos. —Siguió estudiando las evoluciones del animal—. Me pica la curiosidad. Veamos qué hace si vamos tras ella.

—Nos aguardan en el campamento —objetó Nerea—. Bueno, supongo que nos llevará poco tiempo.

Marcharon en pos del hada, que se conducía con la gracia de un murciélago beodo entre los troncos de los árboles. Wanda estaba cada vez más intrigada. Le habría parecido menos absurdo que su bisabuela resucitara de entre los muertos.

Y entonces perdió pie.

Afirman que cuando uno va a morir, toda la vida pasa por delante de los ojos. No fue éste el caso de Wanda; sin embargo, en una fracción de segundo le vinieron a la mente varios pensamientos y percepciones con dolorosa nitidez. Primero, aquello era una encerrona. Un socavón de varios metros de diámetro había sido camuflado con hojas y ramas hábilmente dispuestas. Segundo, el hoyo no era natural, sino que había sido excavado. Tercero, reconoció en las paredes las típicas marcas de las pinzas de los despanzurradores. Cuarto, el fondo del socavón estaba lleno de ellos, algo insólito para tratarse de carnívoros solitarios. Quinto, iban a matarla allí mismo. Su carne no les serviría de alimento, ya que era bioquímicamente incompatible, pero eso le supondría un escaso consuelo una vez despedazada.

En el último instante, una mano la agarró por los correajes de la mochila, tiró desesperadamente de ella y la dejó tumbada en el suelo al borde del hoyo, sucia de polvo y con el corazón a punto de salírsele por la boca. En cuanto recuperó el resuello, se volvió hacia su salvadora, que yacía a un paso de distancia.

—Te debo una, niña —se forzó a sonreír.

—No tiene importancia. —Nerea echó una ojeada al fondo del socavón, repleto de despanzurradores que brincaban desquiciados—. Joder con el hada... Desconocía que mantuvieran un tipo de relación simbiótica con estos engendros. ¿Acaso guían a sus presas a la trampa y luego aprovechan los despojos del banquete?

Wanda meneó la cabeza.

—Las hadas son vegetarianas y huyen de los despanzurradores como de la peste. Esto es insólito. Y preocupante. Imagínate que les ocurriera lo mismo a unos niños incautos. Tengo que dar parte. Pero antes...

El hada revoloteaba sobre el agujero perezosamente, como si tal cosa. Wanda agarró un pedrusco.

—No serás ecologista, ¿verdad? —le preguntó a Nerea.

—Ni por asomo.

—Excelente. Así no te llevarás un disgusto. —Contempló con odio al hada—. Prepárate, malnacida.

—Sorprendente —murmuró Eiji, mientras examinaba con una lupa el cadáver del hada que reposaba en una bandeja de plástico.

—Ya sé que andáis ocupados con vuestros muestreos —dijo Wanda—, pero os agradecería que echarais un vistazo a las hadas y los despanzurradores. Nuestros biólogos son buenos, pero siempre viene bien una segunda opinión. Necesitamos saber si se trata de un caso aislado o bien el preludio de un cambio en el comportamiento. Podría poner en peligro a la población.

Eiji fue a abrir la boca, pero un hombre se le adelantó.

—Por supuesto que nos pondremos a disposición de los colonos. Estas súbitas modificaciones de comportamiento quizá sean el preludio de algo. ¿Habéis detectado anomalías por el estilo en las últimas fechas?

Quien así hablaba era un individuo de rostro afilado, piel tersa y cabello blanco y lacio. Su aspecto recordaba al de un antiguo personaje de manga japonés. Atendía al nombre de Asdrúbal, y debía de ser alguien de elevado rango, a juzgar por la deferencia con que lo trataban. No osaban tutearlo, desde luego. Wanda sí, y eso ponía nerviosos a los científicos.

—Ahora que lo mencionas... —Wanda escarbó en la memoria—. Hará una década que tuvimos que desalojar unos asentamientos pesqueros a orillas del océano Austral. Los peces modificados que introdujimos medraban de maravilla, y ocupaban los nichos ecológicos que las criaturas autóctonas dejaban libres. Las pesquerías funcionaban a la perfección desde tiempos de mis tatarabuelos. Sin embargo, una repentina e inexplicable proliferación de depredadores medusoides exterminó a los peces. Y un lustro atrás también tuvimos problemas en Sierra Umbría con las setas. Nuestros antepasados reforestaron aquellas cumbres peladas con pinos micorrizados, y recolectábamos miles de toneladas de níscalos al año. Y de repente —chascó los dedos—, ni uno. Los pinos se secaron y fueron reemplazados por una maleza autóctona, tupida como una zarza. Tanto las pesquerías como los bosques seteros eran antiguos, y los explotamos durante generaciones, pero se colapsaron de repente. —Se encogió de hombros—. En fin, el planeta es grande, con sitio de sobra, y resulta más barato liar los bártulos y mudarse a otra región, según nuestra tradición y costumbre, que arreglar los desaguisados.

Asdrúbal se acarició la barbilla, con semblante pensativo.

—En circunstancias normales, el incidente del hada traidora y los despanzurradores asesinos no sería un tema prioritario. Cartografiar todo un brazo galáctico con tan pocos medios supone un esfuerzo ímprobo, aunque... Nos interesan las rarezas. Estamos tropezando con demasiadas. —Se permitió una fugaz sonrisa—. Y pensar que todo nació de una simple charla al calor de unos cafés...

Wanda, hija de una estirpe de colonos de pura cepa, desconocía el concepto de sumisión a la autoridad. Se plantó delante de aquel tipo tan importante y le espetó:

—Deduzco que habéis averiguado algo. ¿Me pondréis al corriente, o pretendéis que os supliquemos?

Wanda habría jurado que Eiji tragaba saliva. Sin embargo, el mandamás no se enfadó, sino que la contempló con respeto. Igual estaba harto de que lo adulasen, y el trato campechano le suponía una refrescante novedad.

—Pese a ciertas desavenencias que han surgido en el seno de nuestra delegación, estimo conveniente contar con los colonos. Los recelos mutuos deben superarse. Puede que nos enfrentemos a algo muy serio. Te ruego que transmitas esta impresión a tu Senado, Wanda.

—No me lo tendrás que pedir dos veces. ¿Y bien...?

Asdrúbal reflexionó unos momentos.

—Conforme íbamos descubriendo anomalías inquietantes en la Vía Rápida, sacamos a los científicos de sus destinos y los pusimos a trabajar en el misterio que nos ocupa. Algunos refunfuñaron un poco. —Miró de reojo a Eiji, que se sonrojó—. En cualquier caso, disponemos de un considerable volumen de datos interesantes. Sugiero que empecemos con los arqueólogos. El señor Virányi nos espera.

Salieron del barracón prefabricado y caminaron hacia las ruinas. A Wanda, que se fijaba mucho en el lenguaje corporal, Asdrúbal le resultaba inquietante. Esquivaba los troncos y rocas que jalonaban el irregular sendero con gracia antinatural. Tampoco hacía ruido, a diferencia del biólogo, tan torpe como sólo podía serlo un urbanita.

—Mientras llegamos, podrías comentar a Wanda lo que ahora sabemos acerca de la antigüedad de la vida en los mundos de la Vía Rápida —pidió Asdrúbal a Eiji.

Resollando por el esfuerzo de seguir a los otros dos sin quedarse atrás, el biólogo explicó:

—Cuando nos comentaste la carencia de petróleo, Marga se puso a peinar los estratos y halló algunos fósiles, aunque muy escasos y recientes. Seré más preciso: los indicios de vida en Eos no sobrepasan los ochocientos mil años.

A Wanda se le escapó un silbido.

—Ochocientos mil... Desde el punto de vista geológico, supone apenas un parpadeo. Es imposible que una biota tan compleja evolucionara por sí misma en tan poquísimo tiempo. Por lo menos se requerirían mil millones de años. Eiji, tenías razón con lo de la panspermia dirigida. Alguien o algo sembró este mundo.

El fatigado biólogo asintió.

—En efecto. Quienesquiera que fuesen dispusieron las especies de animales, plantas, hongos y microorganismos perfectamente formadas. El sueño de un creacionista: el equivalente al desembarco del arca de Noé. —Hizo una pausa dramática—. En el resto de los planetas con vida de la Vía Rápida sucede lo mismo: no pasa de ochocientos mil años. Con razón falta el petróleo.

—¿Los sembraron todos simultáneamente? —quiso saber Wanda.

—Da la impresión de que la vida es más reciente conforme viajamos hacia el centro galáctico, pero se trata de diferencias de pocos milenios —explicó Asdrúbal—. Y está el tema de las ruinas. Eso es lo más inquietante. —Parecía en verdad preocupado—. Ah, ya hemos llegado.

El yacimiento arqueológico carecía de grandiosidad. De hecho, los colonos detectaron su existencia tras analizar una serie de fotos tomadas por satélites, las cuales mostraban sutiles patrones geométricos en el terreno. A ras de tierra, eso se traducía en canales, zanjas y depresiones que tal vez correspondían a cimientos de edificios, ninguno de los cuales quedaba en pie. Manfredo Virányi pululaba entre las típicas cuadrículas excavadas por los robots como un atildado director de orquesta, acompañado por Marga. Ésta saludó con la mano a los recién llegados. Tras las cortesías de rigor, Manfredo los guió a través del laberinto de las excavaciones. Con su sempiterno tono educado, fue informándolos:

—Podría tratar de disimular nuestra ignorancia con palabras técnicas, pero seré franco: no tenemos ni idea de qué les pasó a los constructores, ni cuál era su aspecto físico. Hay una ausencia total de restos mortales, esqueletos, necrópolis, estelas conmemorativas, bibliotecas, esculturas... Hasta los muros de los presuntos edificios se han esfumado. No derruido, sino *esfumado* —recalcó.

—Pues no se los habrán comido, digo yo —se le escapó a Wanda—. Eh, que era una broma —añadió, al ver lo serios que se habían puesto los científicos—. ¿O no?

—Por fortuna, siempre se puede hallar algo si se rastrea con tesón —prosiguió Manfredo, imperturbable—. Debo agradecer la inapreciable ayuda de la doctora Bassat y sus conocimientos geológicos.

Marga obsequió a su compañero con una inclinación de cabeza y luego se dirigió a Wanda.

—Nos pusimos a buscar más ciudades alienígenas, o lo que sean, en el planeta. Los ordenadores analizaron imágenes de alta resolución tomadas por satélite, y localizaron unas cuantas más. Una de ellas, gracias a los dioses del azar, está al lado de una turbera.

—Tanto como turbera... —intervino tímidamente Eiji.

—No me seas tiquismiquis, biólogo —le riñó Marga—. Bueno, el equivalente a una turbera: vegetación similar a musgos y un subsuelo empapado y ácido que preserva las cosas. No —se apresuró a añadir, al ver la expectación reflejada en el semblante de Wanda—, no hemos hallado la momia de ningún alienígena, aunque sí los restos de un muro y la base de un pilar. Bien poco es, pero... ¿Manfredo?

—Mi turno, doctora Bassat. El pilar es singular, ciertamente. Su composición recuerda a la del hormigón armado: un entramado de acero embutido en cemento, aunque éste es orgánico.

—Acero, ¿eh? —intervino Wanda—. Eso supone una civilización tecnológica, siquiera incipiente: extracción de mineral de hierro, fundiciones... ¿Dónde están sus vestigios?

—Ojalá lo supiéramos —respondió Manfredo—. Al menos, ya conocemos por qué desaparecieron los edificios. Fueron *devorados*, tal como usted apuntó.

Wanda entrecerró los párpados y miró al arqueólogo, suspicaz.

—No te estarás quedando conmigo, ¿verdad?

—Nada más lejos de mi intención, señora Hull. Gracias a los vestigios recuperados de la turbera, descubrimos que diversos microorganismos descompusieron tanto el metal como la matriz orgánica. Quién sabe si no aconteció lo mismo con los cadáveres de los constructores.

—Una plaga devastadora, al estilo de la peste negra de la Vieja Tierra —señaló Asdrúbal—, pero mucho más rápida y letal. Sobre todo, rápida.

—Sí —continuó Marga—. Tras analizar las burbujas de aire contenidas en el hielo de los glaciares norteños, he logrado fechar la catástrofe con bastante fiabilidad. En efecto, hubo una civilización industrial muy boyante, a juzgar por los niveles de CO_2, compuestos de azufre y nitrógeno, contaminantes varios, etcétera. La concentración de estos gases fue subiendo en progresión geométrica, hasta que de repente la atmósfera vuelve a estar limpia. Y eso ocurrió hace sólo 3.150 años.

—¿Qué?

Wanda no podía creerlo. Justo cuando los colonos empezaban a establecerse en Centauro, allí florecía una civilización de la que ahora no quedaba nada. Nada. Su cultura, sus logros, habían sido devorados, y no por el Padre Tiempo, sino literalmente. Sin poderlo evitar, se estremeció. Una idea horrible le vino a la mente.

—Hay ruinas alienígenas en otros mundos de la Vía Rápida —musitó—. ¿Acaso...?

Asdrúbal asintió con gesto grave.

—Hallamos lo mismo. Por supuesto, en muchos de esos planetas no hay restos arqueológicos, bien porque no surgió la vida inteligente o porque no ha quedado rastro de ella.

Se hizo un silencio trágico. Las implicaciones eran terribles. Al poco, sin mediar palabra, Asdrúbal hizo aparecer un gran holograma de la galaxia. Era hermoso, como una sombrilla translúcida entreverada de negro. Las motas de polvo danzaban perezosas en el aire calmo. El brazo de Centauro quedó resaltado en rosa pálido. Segundos después, en su seno quedó marcada una estrecha banda carmesí.

—He representado el segmento de la Vía Rápida con biotas alienígenas compatibles —explicó—. Ésta es la situación de los planetas con ruinas. —Unos puntos dorados brillaron, dispuestos más o menos al azar—. Pero la Vía Rápida es más larga que eso. Los colonos sólo habéis explorado un sector reducido en su parte media.

De ambos lados del segmento carmesí se proyectaron largas prolongaciones azules. El extremo distal llegaba hasta el difuminado borde del disco galáctico. El otro se confundía con el bulbo central.

—Hacia el exterior sólo hallamos mundos estériles —se justificó Wanda—. Nos centramos en los planetas que poseían una vida bien establecida y atmósferas ricas en oxígeno. Es más fácil adaptarnos a ellos que colonizar una bola rocosa sin aire. En cuanto al centro, como bien sabéis, es harto difícil navegar en esa dirección. Las rutas hiperespaciales se tornan traicioneras, y la energía que requieren los motores MRL para superar los pliegues dimensionales resulta prohibitiva. No queremos arriesgarnos a perder más naves de las imprescindibles.

—Tampoco las nuestras ni las de los Hijos Pródigos se han acercado al interior de la Vía Láctea —confirmó Asdrúbal—. Así que durante las últimas semanas hemos optado por lo más cómodo. Enviamos expediciones no tripuladas al sector más externo de la Vía Rápida; sí, ese que no habéis querido colonizar. Y los análisis preliminares de los datos... Trataré de resumirlos.

»En esa zona sólo hay planetas muertos, pero que tuvieron vida en su momento. Nos resultó difícil detectar al principio esa circunstancia, puesto que la biosfera fue arrasada a conciencia. Como un hueso al que le hubieran sacado el tuétano. Sólo quedaban trazas infinitesimales de materia orgánica. En ciertos lugares hemos hallado vastas extensiones removidas, como restos de canteras a cielo abierto.

En el holograma, aquellos cadáveres planetarios empezaron a brillar en tonos ocres. Había cientos.

—Pero lo más perturbador no es eso, Wanda. —Asdrúbal sonaba cada vez más serio—. Hemos datado con precisión el momento de las catástrofes. Éstas fueron repentinas: pocos meses para esquilmar un planeta. Además, se trata de un fenómeno periódico: cada 802 años, ni uno más, ni uno menos —recalcó—, un planeta muere. Tampoco ocurre al azar, sino en una progresión continua desde el borde hacia el interior del brazo galáctico. Más aún: si extrapolamos, resulta que Eos es el próximo de la lista. Sólo os quedan 75 años para sufrir idéntico destino que los otros. Por eso convoqué esta reunión: tu Senado debe saberlo. Ni que decir tiene que os brindaremos toda la ayuda que necesitéis. Sólo tenéis que pedirla.

Wanda se quedó paralizada. Los científicos miraban al suelo, con la misma incomodidad que experimenta quien asiste a un velatorio y no tiene ni idea de qué decir a los parientes del difunto para consolarlos: palabras que sonarían a fórmulas de cortesía huecas, inútiles en un momento tan doloroso. Poco a poco, las emociones volvieron a ráfagas: miedo, incomprensión, ira... Y finalmente, una idea peregrina le vino a la cabeza. No pudo evitar formularla en voz alta, sin dirigirse a nadie en particular:

—Nuestros mundos fueron sembrados de vida. Y tarde o temprano, quien siembra cosecha.

Nadie replicó.

Capítulo III

PROFANADORES

—... y sobre todo, ni se te ocurra poner cara de paleto. Que no se note mucho que eres un chico de campo, Bob.

—Sí, Wanda.

—Ah, en caso de toparte con un androide de combate, procura no quedarte boquiabierto como un pasmarote.

—Descuida, Wanda.

—Muestra aplomo y no te asombres por nada. Su tecnología es infinitamente más avanzada que la nuestra. Todos lo sabemos, pero que no sospechen hasta qué punto.

—Ya soy mayorcito, Wanda. Sé comportarme.

—¿Mayorcito? ¡Ja! —Wanda se detuvo y contempló a su acompañante con fingida seriedad—. Aún recuerdo como si fuera ayer cuando me hice cargo de ti, después de que tus padres murieran. Por si no tenía bastante con mi prole... ¿Cuántos pañales te habré cambiado? Y encima, nos saliste inapetente. ¡La de morisquetas que había que hacer para que te tragaras la papilla, puñetero!

—Me estás avergonzando, Wanda... —murmuró Bob entre dientes, al constatar que algunos curiosos se les quedaban mirando.

—Siempre tan susceptible...

Hacían una singular pareja, que contrastaba con los tripulantes de la *Kalevala*. Entre tanto cuerpo de apariencia atlética, alto y bien moldeado, los dos colonos recordaban a un par de todoterrenos en una convención de bólidos de carreras. El compañero de Wanda, Robert Hull, representaba una versión masculina y más joven de su jefa. Para sus pocos años, apenas veinticinco estándar, se le veía curtido por la intemperie. Sus manos eran anchas, acostumbradas al trabajo duro. El pelo pajizo y los rasgos faciales denotaban un estrecho parentesco entre ambos. En realidad, eran tía y sobrino.

Wanda se consideraba satisfecha. Muchas cosas se habían movido por las altas esferas. Era difícil que los colonos se pusieran de acuerdo en algo, y los mundos de fuera de la Vía Rápida no se interesaron por la amenaza que se cernía sobre Eos. Pero Wanda tenía sus contactos y quería evitar que la relegaran. Sabía que los extranjeros disponían de los medios necesarios para seguir adelante con la investigación, y probablemente lo harían sin ellos. Por tanto, removió cielo y tierra y así logró, por puro hastío del adversario, que la aceptaran a ella y a su ayudante en un viaje de exploración para aclarar todos los misterios.

Y allí estaban. Wanda también quería aprender cuanto más mejor sobre aquellas gentes foráneas. Para ello se requería calma, observar mucho y no revelar sobre sí misma más de lo imprescindible. Eso se le daba bien. Como jugadora de póquer no tenía rival. Asimismo, serviría para educar a Bob. Era uno de los jóvenes más espabilados de la familia, y aquella aventura le vendría de perlas para su formación humana y científica. Además, le tenía cariño. Había sido una madre para él, y contaba con su lealtad absoluta. Esperaba que el mozo se comportara con decoro y no la dejara en mal lugar.

Bob no paraba de mirar por doquier, sin perder detalle. Wanda se figuraba que estaba deseando acribillarla a preguntas, pero se refrenaba para complacerla. Al final no pudo evitar que se le escapara un comentario:

—Curiosa nave esta —dijo, como sin darle importancia—. Parece mentira que algo tan pequeño pueda saltar al hiperespacio.

—Debemos dar por sentado que, pese a eso, se trata de un vehículo obsoleto —replicó Wanda, en el mismo tono banal—. He tenido muchas reuniones con nuestros anfitriones, y me ratifico en la opinión de que son paranoicos. Aunque no lo reconozcan, nos ven como ladrones potenciales de tecnología, por lo que no desean correr riesgos. En el fondo les aterra lo desconocido. Deduzco que han padecido pésimas experiencias con alienígenas en el pasado, y se curan en salud. No se arriesgarán a que una de sus mejores naves se adentre en territorio inexplorado.

—Ojalá que la *Kalevala* sea fiable, y no nos deje tirados... —bromeó Bob.

—Apuesto a que lleva de serie un sistema de autodestrucción, como en las películas. «¡Jamás nos atraparán vivos!» —Wanda declamó esto último con voz grave, imitando a un conocido actor. Le divirtió comprobar que su sobrino tragaba saliva.

El puente de mando de la nave era un amplio espacio de planta rectangular y aspecto funcional, con una veintena de tripulantes sentados frente a pantallas que mostraban gráficos e imágenes diversas. En el centro había un sillón giratorio rodeado de controles y más pantallas. En él se sentaba Asdrúbal, ataviado con uniforme militar. Wanda no tenía ni idea de qué rango ostentaría, pero sin duda se trataba de un oficial. Asdrúbal se levantó al ver a los recién llegados y se acercó a estrecharles la mano.

—Bienvenidos a nuestra humilde *Kalevala* —dijo, con una sonrisa en los labios—. Confío en que no la encontréis muy incómoda. Es lo mejor de que disponíamos, dadas las circunstancias.

—Tranquilo; nos hacemos cargo —contestó Wanda—. Sobran las excusas. Con que no se estropee a medio camino, nos conformamos.

—Puedo garantizaros eso. Es una veterana polivalente de la clase *Aurora*. En los últimos siglos, gran parte de los descubrimientos de nuevos mundos se han efectuado con otras como ella. Incluso puede funcionar como remolcador de asteroides y transporte de apoyo.

—Resulta un poco distinta a aquella en que nos ofrecieron la demostración, cuando reventasteis la estrella...

—La *Erebus*. Sí, un portanaves de última generación de la clase *Némesis*.

—No estaba mal. —Wanda le restó importancia con un gesto—. ¿Cuándo zarpamos?

—De inmediato. Haré que os acompañen a los camarotes. Las dependencias de la *Kalevala* son espartanas, pero velamos por la comodidad de nuestros invitados.

—Tendríais que ver nuestras naves colonizadoras. Cuando estibamos la carga para aprovechar hasta el último metro cúbico de espacio, eso incluye a los tripulantes. Estamos hechos a vivir con frugalidad.

—De acuerdo, Wanda. Será mejor que os instaléis y luego ya hablaremos con más calma. Ah, descubriréis que tenéis como vecinos a unos viejos conocidos...

En efecto, allí estaban todos: Eiji, Marga, Manfredo e incluso la piloto, Nerea. Bob fue debidamente presentado y aceptado en sociedad con los agasajos de rigor. De momento, procuraba hablar poco. No se debía a su timidez, sino a que cedía el protagonismo a Wanda, la que realmente mandaba allí. Por muy igualitaria y enemiga de formalidades que fuera la sociedad colonial, la relación entre mentor y discípulo se consideraba sagrada, y sujeta a ciertas normas no escritas.

La sala de reuniones era un espacio amplio y decorado con buen gusto al estilo de un club victoriano, con mesas de imitación de madera, butacas, cuadros de época y máquinas de café. Resultaba ideal tanto para la plática ociosa como para las sesiones de trabajo. Ciertamente, la Armada se preocupaba de que el personal civil estuviera a gusto. En un entorno acogedor se protestaba menos y se rendía más. Por supuesto, Wanda y Bob se enamoraron al instante de aquel recinto.

Una vez cómodamente sentados y al amparo de los inevitables cafés, Nerea informó a los recién llegados. Parecía ejercer de enlace entre los mandos militares y los científicos.

—Primero efectuaremos un salto fácil. Nos servirá para poner a punto los sistemas y que la tripulación y los pasajeros se acoplen, en el casto sentido de la palabra. —Le guiñó el ojo a Bob, que se sonrojó sin poder evitarlo—. Visitaremos uno de los planetas muertos que se hallan al extremo de la Vía Rápida, cerca de la periferia galáctica. Luego, daremos media vuelta y nos dirigiremos hacia el centro, a ver qué encontramos.

—*Terra incognita* —añadió Manfredo, dirigiéndose a Wanda—. Ustedes no han ido a esa zona todavía, ¿verdad?

—Los saltos son energéticamente prohibitivos por culpa de las complejas interacciones entre ondas de presión de los brazos y la estructura hiperespacial. Podría intentarse, aunque puesto que hay sitio de sobra, preferimos explorar áreas más accesibles.

No pensaba confesar en público que para las mastodónticas naves coloniales resultaba imposible avanzar hacia el centro galáctico a partir de un cierto punto. Su tecnología anquilosada no daba más de sí. Por eso a Wanda le interesaba tanto el presente viaje. Los forasteros, con sus avanzados motores MRL, tal vez pudieran adentrarse en territorio desconocido. Y ella y Bob observarían atentamente.

El salto fue de una suavidad sorprendente. Sin que los pasajeros se percataran, la *Kalevala* penetró en la bruma informe del hiperespacio. En apenas una semana salvaría el centenar de años luz que los separaba de su primer objetivo. Tiempo para adaptarse a la rutina de a bordo, mientras los ordenadores cartógrafos se encargaban de conducirlos por lugares que no eran tales, donde las leyes de la física perdían su sentido.

Las horas muertas eran idóneas para fomentar las relaciones y curiosear por la nave. Wanda animaba a su sobrino a hacer buenas migas con los tripulantes y, de paso, sonsacarles información sobre sus vidas y patrias. A ver cómo se las ingeniaba el zagal. En el futuro, podría aplicar esa experiencia en la enrevesada y sutil política de los clanes.

Wanda había elegido bien a su acompañante. Bob ponía cara de buen chico aldeano, discreto y atento, y esa actitud tendía a activar el comportamiento maternal, especialmente del personal femenino. Así, lo acompañaban a visitar la sala de máquinas o el puente de mando, y sus *inocentes* preguntas eran respondidas exhaustivamente. La gente se sentía feliz de poder mostrar sus conocimientos a un chaval tan majo como aquél.

A diferencia de la tripulación, los científicos eran algo más reservados en el trato. Se notaba que apreciaban a Wanda, pero Bob era considerado como un mero subordinado al que había que tratar con amabilidad para contentar a la jefa. En el caso de Eiji, su actitud rayaba en la condescendencia, pero aquello parecía no molestar a Bob.

Llevaban dos días de viaje, cuando el biólogo, en un raro rapto de sociabilidad, decidió enseñar al joven colono a jugar al go. Le largó un rollo impresionante sobre los míticos orígenes de aquel pasatiempo y le explicó las reglas. Bob asentía con humildad y miraba el tablero y las fichas blancas y negras con expresión de desconcierto. Empezaron con unas partidas sencillas, que el biólogo ganó de calle. Alrededor de los jugadores se reunieron algunos tripulantes ociosos.

—No abuses, Eiji —le riñó Marga—. Te encanta competir con novatos para lucirte...

—En efecto —intervino Manfredo—. Su actitud es una afrenta a la caballerosidad deportiva.

—No hagas caso, Bob —dijo el biólogo—. ¿Qué, jugamos al mejor de cinco?

—De acuerdo.

Conforme transcurrían las partidas, la sonrisa se congeló en el rostro de Eiji y acabó por borrarse. Bob lo derrotó con una facilidad insultante. Cuando todo terminó, Nerea comentó:

—Gran verdad es esa de que lo peor no es perder, sino la cara que se te queda.

Eiji, consciente de que era objeto de la rechifla de todos los presentes, trató de mantener la compostura.

—¿Sabías jugar al go? —preguntó a duras penas.

Bob asintió.

—Fomentamos en los niños, desde muy pequeños, la práctica del go, el ajedrez, el awari y otros juegos de ingenio —explicó Wanda—. Contribuyen a la claridad mental, estimulan a anticipar el pensamiento del adversario y fomentan la superación personal. Bob es el campeón local de go. En cambio, flojea en el ajedrez. Menudas palizas le pego.

—Y ¿por qué no me lo dijiste? —masculló Eiji entre dientes.

—Nadie me lo preguntó —respondió Bob. Fue coreado por una carcajada general, y el biólogo se retiró de la sala, más cabreado que una mona—. Vaya, me siento culpable —añadió, una vez que se hizo el silencio—. Espero que no se haya enfadado conmigo.

—Sí, sí; culpable... —terció Nerea, divertida—. Tan soso que parecías, pero advierto que albergas el instinto de un depredador.

—No sé a quién habrá salido —añadió Wanda—. Bueno, a Eiji tampoco le vendrá mal una cura de humildad.

—Enseguida se le pasará el mosqueo; en el fondo, es un pedazo de pan —dijo Marga—. Eso sí —miró fijamente a Bob—, la próxima vez que te encuentres con él, proponle jugar al tres en raya y déjate ganar.

La conversación siguió centrada en el biólogo durante un rato. El placer de cotillear sobre los ausentes era consustancial a la Humanidad. Acabó aflorando el tema de las divergencias culturales y de carácter entre colonos y extranjeros. Se contaron algunas jugosas anécdotas que hicieron reír a todos. Finalmente, Bob comentó:

—En el fondo, no somos tan diferentes. Los seres humanos compartimos una misma naturaleza.

Manfredo Virányi posó con delicadeza su taza de café sobre el tapete de la mesa. Se acarició la barbilla y comentó, como hablando para sí mismo:

—Tampoco conviene fiarse de las apariencias, señor Hull. Nos separan siglos de evolución cultural independiente. En cuanto a nuestra presunta humanidad... Bien, uno de los presentes es un androide de combate. Le desafío a adivinar de quién se trata.

Antes de que Bob pudiera reaccionar ante aquella sorprendente revelación, una voz profunda hizo que todos se dieran la vuelta. Era Asdrúbal, que miraba con severidad al arqueólogo.

—Esta salida de tono no es adecuada, Manfredo. Quizás a nuestros invitados les perturbe la presencia de personas artificiales.

—Vaya. —Manfredo parecía compungido—. Pido disculpas. En mi descargo, debo decir que el comentario parecía adecuado, dado el sesgo adquirido por la conversación.

—Tranquilo —se apresuró a decir Wanda—. Estoy curada de espantos. Además, me importa un rábano el origen del prójimo, siempre que se porte decentemente con sus semejantes.

—Tampoco se preocupen por mí —añadió Bob.

El comandante de la nave estudió disimuladamente al muchacho. ¿Había vacilado al responder?

—Pensándolo bien, puede ser un ejercicio interesante, como proponía Manfredo —añadió Wanda—. Yo me enteré ayer de quién se trata, pero Bob no lo sabe. A ver si es capaz de averiguarlo antes de que acabe el viaje.

—Puede resultar divertido —apostilló Marga.

A esa hora, en cualquier planeta que se considere decente sería noche cerrada. En el ambiente artificial de la nave, en cambio, sólo los relojes informaban a los pasajeros de cuándo debían conciliar el sueño. Sin embargo, algunos se resistían a dormir.

—Tiene que ser Manfredo; estoy seguro.

—Algunas queremos madrugar mañana, Bob.

—Con esa rigidez de carácter, esos modales anormalmente corteses...

—¿Por qué no pruebas a contar ovejitas? En buen momento se me ocurrió la brillante idea de implantarnos los receptores craneales... Cuando regresemos, me sé de uno que corre el riesgo de ser nombrado supervisor del mantenimiento de fosas sépticas.

—Capto la indirecta, Wanda. Buenas noches.

—Lo mismo digo.

Wanda se removió en la cama. Volvió a preguntarse si los extranjeros serían capaces de interceptar sus comunicaciones secretas. Lo dudaba. Los micrófonos laríngeos incluían unos algoritmos de encriptación realmente diabólicos. Les permitían comunicarse a distancia, como ahora, sin necesidad de abrir la boca. Bastaba con subvocalizar. Pese a todo, tía y sobrino, por si acaso, hablaban sobre los temas importantes de forma críptica, utilizando un código privado. Le parecía un poco ridículo, a su edad, jugar a los agentes secretos, pero en el fondo le encantaba. Se sentía rejuvenecer con aquella aventura.

También experimentaba una malévola satisfacción cuando pensaba en Bob. Seguro que el mozo no pararía de dar vueltas en el lecho, haciéndose cábalas de quién sería el androide. O se volvía paranoico, o se le curaba la xenofobia incipiente que afectaba a algunos colonos. Era algo que le preocupaba. En lugar de defender el intercambio nómada de personas y bienes, los jóvenes tendían a tomar cariño a la tierra, a contemplar con recelo a los forasteros. No quería que su sobrino fuera tan estrecho de miras. En fin, el aldeanismo se curaba viajando, y de eso iban a recibir una buena dosis en las próximas semanas.

El escenario era de una grandeza sobrecogedora. Un sol dorado se recortaba en el telón de fondo de la Vía Láctea. En derredor orbitaba una cohorte de gigantes gaseosos, a cuál más abigarrado: bandas de profundo azul, amarillo, ocre, rojo... Un par de ellos lucía intrincados anillos. Decenas de satélites los acompañaban, desde pequeños asteroides capturados hasta orbes mucho mayores que la Vieja Tierra. Y en uno, cierta vez floreció la vida.

Sin embargo, lo que se mostraba a través de las pantallas de la *Kalevala* era un cadáver, un pecio rocoso que giraba en torno a un gran planeta cuya masa quintuplicaba la de Júpiter. Quizás una vez tuvo un nombre que significaba algo para sus moradores. Ahora, empero, había sido catalogado como VR-218, sin más. En el puente de mando, todos guardaban un silencio respetuoso, como si se dispusieran a profanar un tétrico camposanto. No era para menos.

A diferencia de otros mundos similares en aquel sistema estelar, la superficie de VR-218 no estaba salpicada de cráteres. En sus años de gloria gozó de una atmósfera respirable; la oxidación de las rocas daba fe de ello. Hubo viento, lluvia, nieve. Los agentes erosivos esculpieron el terreno, marcando valles glaciares, cuencas fluviales y penillanuras, a la vez que borraban los impactos de meteoritos. Pero ya no había rastro de aire, ni de agua. Los océanos se habían esfumado, dejando a la vista los taludes continentales y las fosas abisales. En las zonas de subducción, sin masas de agua que lubricaran el roce de las placas tectónicas, los terremotos se sucedían sin descanso. Por las fisuras de la corteza se derramaban ríos de lava. VR-218 parecía estar encerrado en una red de delgados filamentos de fuego.

—Dantesco —murmuró alguien. Quien más, quien menos se fijaba en las vastísimas áreas, de miles de kilómetros cuadrados, que aparecían removidas, como si un gigante armado de una pala se hubiera dedicado a excavar hoyos sin ton ni son. Según los geólogos, aquel mundo había sido reducido a tan triste estado en pocos años. Lo cual conducía a formularse la pregunta clave: ¿quién o qué poseía el poder necesario para llevar a cabo una devastación de tal calibre?

Para Wanda era aún más siniestro. VR-218... Los extranjeros habían adjudicado un código a todos los mundos habitables de la Vía Rápida, contando desde la periferia galáctica. Los 389 primeros estaban tan muertos como el que ahora tenían a sus pies. Eos, su hogar, figuraba en las listas como VR-390. Si los geólogos no mentían, cada ocho siglos un planeta era destruido. Hizo unos cálculos mentales y trató de disimular el miedo. Formuló una pregunta a Marga:

—¿Por qué habéis elegido a VR-218? ¿Tiene algo especial que se me escapa?

—Hay ruinas alienígenas, señora Hull. Son las mejor conservadas que hemos hallado —respondió Manfredo Virányi a su espalda. Wanda no pudo reprimir un escalofrío.

Antes de que llegaran los humanos, ejércitos de microsondas y robots llevaban semanas efectuando labores de prospección. No obstante, la información adquirida no preparaba a los viajeros para asimilar lo que se encontraban al pisar aquel mundo.

—Soy incapaz de acostumbrarme a estas escafandras —se quejó Bob a través del micrófono privado—. Me siento desnudo...

—Yo también prefiero las nuestras, pero serán de fiar, por la cuenta que les trae.

En efecto, aquellos trajes espaciales provocaban en Wanda una sensación de incomodidad, de desvalimiento incluso. Eran demasiado finos, como si fueran a desgarrarse en cualquier momento. Por supuesto, apostaría a que eran capaces de aguantar el impacto de un proyectil disparado a bocajarro, pero los coloniales, tan recios, parecían proteger mejor a sus inquilinos. Además, estaba familiarizada con ellos. Aquí, en cambio, todo parecía confabularse para crearle la impresión de hallarse fuera de sitio. Más aún en un entorno que no era humano.

Las ruinas estaban magníficamente conservadas. A diferencia de Eos, aquí sus misteriosos habitantes habían horadado un enorme farallón de granito de color carne. La piedra encerraba un impresionante conjunto de galerías, muchas de las cuales se abrían al exterior. Frente a los expedicionarios se alzaba una pared cortada a pico, hasta una altura que daba vértigo. Algunos agujeros eran tan grandes que la lanzadera podría atravesarlos holgadamente. Los expedicionarios se sentían insignificantes frente a aquella inmensa obra de ingeniería. Wanda sabía que los robots ya habían explorado la zona. Allí no había nada vivo, sólo un laberinto vacío, pero acojonaba lo suyo.

Los expedicionarios dejaron atrás la lanzadera. Ésta, blanca y con los focos encendidos, destacaba como una aparición angélica contra el telón de fondo del cielo negro profundo. A lo lejos, el resplandor rojizo de una cadena de volcanes activos teñía el horizonte. Nerea se había quedado en el vehículo, escuchando música; según ella, para evitar que se lo llevara la grúa. El resto se internó en aquella lúgubre colmena de piedra, escoltados por infantes de Marina con las armas a punto. A Wanda le parecía un exceso de precaución, aunque se agradecía el detalle.

Los robots habían dispuesto infinidad de luces, así que el ambiente, en principio, no tenía por qué resultar opresivo. Sin embargo, pronto quedaba claro que aquello no había sido diseñado ni construido por manos humanas, y una singular aprensión atenazaba el alma. La distribución de espacios, por lo que podía colegirse, no tenía pies ni cabeza. Pasillos rectilíneos, de más de diez metros de altura, se entremezclaban con otros más bajos de trazado laberíntico, con bucles que se cerraban sobre sí mismos o que no daban a ningún sitio. Por doquier se abrían cubículos de tamaño dispar, aislados o interconectados, inmensos como catedrales o diminutos cual conejeras. La sensación de incomprensión, de lo ajeno, se acentuaba por momentos.

Cuando Manfredo habló, los colonos se sobresaltaron. Su educada voz, bien modulada, resultaba incongruente en aquel escenario:

—Por más que los robots buscan, nada hemos hallado. ¿Ven esos orificios y canalillos que aparecen por doquier? Suponemos que se trata de conducciones de algún tipo: cables, desagües... Pero sólo queda la roca pelada. El resto se ha esfumado. ¿Fue degradado por microorganismos, como en Eos? ¿Estamos ante la misma raza de constructores en ambos mundos? Lo desconocemos. Seguimos sin dar con los cuerpos, con restos de mobiliario, con obras de arte. Ni siquiera sabemos si nos encontramos en una ciudad, una necrópolis o un complejo industrial. Hasta la fecha, los arqueólogos nos limitamos a dar palos de ciego.

La visita prosiguió hasta arribar a una sala cuyas dimensiones cortaban el aliento. Debía de medir un kilómetro de diámetro y unos quinientos metros de altura. Un pilar grueso y pulido unía suelo y bóveda. ¿Sostenía la caverna o era un elemento ornamental? A su alrededor, una docena de columnas estriadas, de poco más de dos metros de altura, surgían como estalagmitas a distancias variables del eje central.

—Sugiere un lugar de culto —dijo Marga.

—La religiosidad exacerbada es un rasgo exclusivo de la especie humana —contestó el arqueólogo—. Este recinto podría ser cualquier cosa, o incluso carecer de propósito, doctora Bassat. Evitemos el antropocentrismo, y reconozcamos humildemente nuestro completo despiste.

—Tiene que ser el androide. —Bob usó el micrófono privado—. Se expresa como si no se considerase humano...

—Sin comentarios —fue la lacónica respuesta de su tía.

Vagaron por el laberinto pétreo durante horas. Los embargaba una mezcolanza de maravilla y frustración. ¿Qué había pasado allí? Fue un alivio salir del farallón granítico y retornar a la familiar lanzadera.

—¡Siguiente parada: el campo minado! —anunció Nerea, en tono festivo—. Abróchense los cinturones, señores pasajeros. Aterrizaremos en unos minutos. Pero antes, sobrevolaremos una de las áreas esquilmadas. ¡Disfruten de las vistas!

El joven colono estudió con disimulo a la piloto. Cómo envidiaba su capacidad para tomarse la vida con esa encantadora despreocupación. Manejaba el cuadro de mandos de la lanzadera con soltura, como si llevase haciéndolo desde que nació. Cuando adelantaba el cuerpo sobre los controles, la cremallera a medio bajar del uniforme dejaba entrever el escote de la camiseta y...

Bob se forzó a apartar la vista de ella y fijarse en el panorama que mostraban las holopantallas que sustituían a las ventanillas. Se recriminó sus desvaríos. Era un representante de las colonias, no un adolescente saturado de hormonas. Debía comportarse con circunspección, como se esperaba de él.

No le costó demasiado. Resultaba difícil pensar en amoríos cuando uno se enfrentaba a una devastación como aquélla. Algo había arrancado de cuajo masas de roca de kilómetros de profundidad, para luego romperlas y disgregarlas como si fueran migas de pan. Una ciudad, después de sufrir un ataque nuclear, ofrecería mejor aspecto.

—¿Para qué...? —se le escapó, sin darse cuenta. Varias cabezas se giraron hacia él.

—Tal vez el símil no sea el adecuado, pero podría compararse a los restos de un banquete, lo que queda de una presa después de que los carroñeros la hayan despojado de las últimas briznas de carne —dijo Asdrúbal, volviendo a contemplar el desolado paraje que sobrevolaban—. El planeta ha sido limpiado de toda traza de materia orgánica, así como de agua, aire y filones minerales. Sí, algo lo devoró. A él y a otros 388.

—Aquí no vamos a sacar nada en claro. Seguramente averiguaremos algo útil cuando nos dirijamos al interior galáctico —comentó Eiji. El biólogo estaba de humor un tanto huraño. Un mundo sin vida no iba a propiciar su lucimiento personal.

La conversación languideció y se apagó. Nadie tenía ganas de charla. Al cabo de unos minutos llegaron al *campo minado*. El nombre resultaba adecuado. Una planicie de cientos de kilómetros cuadrados aparecía tachonada de innumerables boquetes. Desde luego, a sus creadores les apasionaba agujerear los sitios. Tomaron tierra junto a algunos de los más aparatosos, que superaban el centenar de metros de diámetro. Los expedicionarios bajaron de la lanzadera y se asomaron con precaución al más cercano. Debía de medir casi quinientos metros de profundidad. La lisura de la pared cilíndrica se veía interrumpida por innumerables surcos y orificios.

—¿Qué plantarían aquí? —preguntó Eiji, con aire zumbón. Sonó incongruente, y él mismo se dio cuenta.

—Los robots se centraron primero en la colmena —explicó Manfredo—. Ahora estamos empezando a estudiar esta zona. Nos encontramos con lo mismo: sólo roca perforada. Cualquier otro material brilla por su ausencia. En cuanto a su utilidad... —Se encogió de hombros dentro de la escafandra—. En los últimos días he oído las más variopintas teorías: almacenes de comida, criptas, aljibes... Tal vez, la hipótesis más coherente sea la que ha propuesto nuestro comandante. He pedido a las sondas que recojan muestras. En unos minutos sabremos si se confirma o no.

Todos miraron hacia Asdrúbal.

—Sí, ya conozco los peligros de aplicar esquemas humanos a lo alienígena, etcétera. —Se permitió una pausa, como si le costara elegir las palabras adecuadas—. He visto documentales antiguos, y hay una imagen que no puedo quitarme de la cabeza. Son silos de misiles. La forma, el aspecto, los huecos para los cables...

Aunque alguno lo pensara, nadie osó decir que le parecía una tontería. Wanda, por su parte, consideró la posibilidad. Paseó la mirada por aquella vasta llanura agujereada.

—Si tienes razón, comandante, entonces estas criaturas o bien eran belicosas, o bien se defendían de algo muy, pero que muy amenazante —comentó.

—Las sondas me están enviando los resultados preliminares de sus análisis —anunció el arqueólogo; en el visor de su casco se intuían destellos de colores—. En algunos de los presuntos silos existen trazas de combustible quemado incrustado en la roca. Recuerda en su composición a los propergoles que empleaban nuestros primitivos cohetes, allá por los inicios de la Era Espacial.

—¡Bingo! —exclamó Nerea desde la lanzadera. Los había estado escuchando a través de la radio—. Permítaseme una objeción: estamos suponiendo que aquí se dispararon misiles. ¿Y si se tratara de un astropuerto civil? Mejor dicho, lo que queda de él.

—No soy propenso a las corazonadas, pero me reafirmo en mi idea —insistió Asdrúbal—. Tal vez sea por deformación profesional, lo admito.

—A lo mejor huyeron para escapar del Día del Juicio Final —soltó Bob—. ¿Y si fueron ellos quienes se cargaron el planeta? La Humanidad estuvo a punto de lograrlo en la Antigüedad.

—Meras especulaciones... —repuso Asdrúbal—. Por muchas vueltas que demos en este lugar, poco más sacaremos de él. Tendremos que buscar pistas en tierras más verdes.

Todos permanecieron callados mientras caminaban lentamente por el campo minado, sintiéndose insignificantes y vulnerables. A media altura en el firmamento, el gigante gaseoso en torno al cual giraba aquel mundo espectral brillaba como una esfera de ágata. El sol escogió ese preciso momento para salir. Sus rayos, sin atmósfera que los atemperase, arrancaron sombras nítidas y alargadas en aquella imagen de la desolación. Algunas estrellas seguían brillando, ajenas a la existencia de los seres que medraban bajo su luz.

Capítulo IV

VAGAMUNDOS

—¿Que paremos en VR-409? Con el debido respeto, Wanda, ¿te figuras que mi nave es uno de esos autobuses rurales que se detienen cada vez que a un pasajero le entran ganas de bajar a mear en la cuneta?

—He recibido un mensaje cuántico cifrado, Asdrúbal; no me preguntes cómo. En VR-409 están empezando a tener problemas con la fauna. Poco cuesta echar una ojeada y permitir que nuestro amigo el biólogo se luzca.

Asdrúbal lo meditó unos instantes y claudicó con un suspiro. La expedición pretendía recopilar datos y VR-409 se hallaba en su camino hacia el interior de la galaxia. Además, sería interpretado como un gesto de buena voluntad por los colonos.

—Tú ganas, pero los cartógrafos se van a acordar de tus deudos hasta la décima generación. Un cambio de rumbo mientras se atraviesa el hiperespacio a bordo de una antigualla como la *Kalevala* es... digamos que laborioso.

—Ya os compensaremos al regreso con un banquete de los que hacen época, comandante.

Por supuesto, sus habitantes no se referían a él como VR-409, sino Erewhon. Salvo Manfredo Virányi, nadie conocía el origen del nombre. Orbitaba en torno a una enana roja que pertenecía a un sistema triple. Como resultado, su movimiento de traslación se parecía más a un arabesco que a una elipse, y el clima era endiabladamente difícil de predecir. La única zona habitable para los humanos se hallaba en los archipiélagos del océano ecuatorial, aunque la vida alienígena se había adaptado de maravilla al interior de los continentes, donde los contrastes estacionales eran extremos.

Cada colonia poseía su propia personalidad. En Erewhon la gente vivía de cara al mar. Eran buenos navegantes, y mimaban sus cultivos de algas y piscifactorías. Pero había algo que no podía faltar: la casa comunal, el símbolo de un milenario modo de vida. Aquí había sido construida en lo alto de un acantilado con unas soberbias vistas. Unos peñascos cercanos la resguardaban de los vientos dominantes. Cuando rugía el temporal, como ahora, ofrecía un cálido abrigo para protegerse de la ira de los elementos. Estaba construida con grandes bloques de basalto, pero la roca oscura no le confería un carácter sombrío. Se abrían numerosos ventanales donde se estrellaba la lluvia, y los colonos se reunían en torno a las chimeneas en animados corrillos. Y, por supuesto, el bar siempre estaba presente.

La más alta autoridad de Erewhon era un hombretón cuyo aspecto recordaba a una morsa afable. Se llamaba Kurt y, a juzgar por la familiaridad del trato, era un viejo amigo de Wanda. Siguiendo la tradición, antes de entrar en materia invitó a comer a los forasteros. Éstos a duras penas lograron sobrevivir a una fantasía de mariscos, unas barrocas ensaladas de algas y un caldero de arroz, todo ello pecaminosamente excesivo. Ahora trataban de digerir el ágape gracias a un licor de filiación incierta. Sólo entonces, Kurt accedió a ponerles al corriente de sus problemas.

—Todo empezó cuando el Consejo votó la ampliación de los invernaderos. Sí, señores, hay vida más allá del pescado; también practicamos la agricultura intensiva. Para acometer la obra era necesario desbrozar varias hectáreas de matorral nativo. Por supuesto, nos cercioramos de que ninguna especie en peligro de extinción se viera implicada. Pues bien, una vez limpio el terreno, justo cuando lo enarenábamos, las chicharras se nos echaron encima.

—¿*Chicharras*? —Eiji se incorporó.

—Unos bichos inofensivos —explicó Kurt—. Abundan en el continente; en las islas sólo quedan poblaciones relictas. Son herbívoros solitarios y, ante todo, tímidos. Y cuál fue nuestra sorpresa cuando... Pero será mejor que lo veáis por vosotros mismos. Acompañadme. Así, además, bajaréis la comida.

Marga miró a través de los ventanales. En el exterior parecía haberse desatado un tifón.

—¿Con este tiempo? —preguntó, con voz queda.

Kurt la observó como si se tratara de una alienígena.

—¿Qué tiene de malo? ¡Deberíais venir en pleno invierno! Entonces sí que apetece quedarse sentado al calor del hogar...

—Pues menos mal que estamos en verano —mascculló Marga, tratando de mantener el equilibrio—. ¿Aquí nunca amaina el viento?

—Os quejáis de vicio —dijo Kurt, muy ufano y ataviado con una parka ligera. Wanda y Bob tampoco parecían incómodos. Los demás, en cambio, iban tan abrigados como les era posible.

—¿Cómo demonios no salen volando los invernaderos? —Las palabras de Eiji sonaron distorsionadas por la máscara facial protectora.

—Anclándolos bien —repuso Kurt.

El biólogo dejó de prestarle atención. Allí había una fascinante vida autóctona. La vegetación se adaptaba a los fortísimos vendavales adquiriendo formas almohadilladas. Había muy pocos animales voladores, ya que el aire los habría arrastrado indefectiblemente hacia el mar. Casi todos seguían un patrón insectoide, con exoesqueleto y patas articuladas, ideales para aferrarse a cualquier sustrato. Tomó al azar un bichejo de una brizna de hierba; le costó despegarlo. El animalillo se hizo el muerto, a ver si así se aburría y lo dejaba en paz. Acabó siendo observado a través del visor de la máscara, cuyas lentes macro funcionaban como un estereomicroscopio.

—Posee el mismo esquema corporal que la fauna predominante en tu mundo, Wanda —comentó distraídamente el biólogo, mientras estudiaba a la inmóvil criatura—. Sin embargo, en Eos las proporciones son más gráciles. ¿Sembraron en ambos planetas las mismas especies, que luego evolucionaron para adaptarse a ambientes muy diferentes? En tal caso, y con tan poco tiempo, el cambio tuvo que ser rapidísimo. ¿O quizá las *preadaptaron* antes de liberarlas?

Sacó de un bolsillo un artilugio con aspecto de termo cilíndrico, abrió la tapa y metió en él al animal. La criatura murió tan calladamente como había vivido. Unas cuchillas giratorias la redujeron a pulpa en unos segundos. Poco después, el artilugio emitió un pitido.

—Por fortuna, pude conseguir un analizador portátil de biomoléculas bastante rápido —prosiguió—. Como suponíamos, su código genético es idéntico al de los animales de Eos, Wanda. De acuerdo, veamos esas famosas chicharras.

El analizador, una vez catalogadas las principales moléculas, volcó los datos en una memoria cuántica, incineró los restos biológicos, eliminó discretamente los residuos y quedó listo para recibir la siguiente muestra. La comitiva reemprendió la marcha, luchando para que el ventarrón no los tumbara.

—Os pondré en antecedentes —dijo Kurt—. Las chicharras abundan en el continente. Son unos animales solitarios que se dedican a comer hierba, esquivar a los depredadores y engendrar más chicharras. En las islas encontramos pocos ejemplares; sin duda, vienen arrastrados por el viento o flotando en balsas naturales. No parecen hallarse muy a gusto por aquí, ya que sus poblaciones son escasas y dispersas. Sin embargo, al poco de preparar el terreno para los invernaderos... Mirad junto a esas rocas.

Durante unos instantes nadie habló. Primero fue por la escasa visibilidad que permitía la ventisca; luego, por la sorpresa.

—Me recuerda a... —Eiji sonó titubeante, como si temiera quedar en ridículo, pero Bob dijo en voz alta lo que todos pensaban:

—... a la colmena de piedra de VR-218.

En efecto, parecía una versión a pequeña escala de la misteriosa construcción. Por los agujeros veíase pulular un sinfín de pequeños insectoides. Los había de diversos tamaños, aunque ninguno sobrepasaba los quince centímetros.

—Aparecieron así, de sopetón —les contó Kurt—, en masa. Empezaron a remover el enarenado, socavaron y derribaron los pilares de un invernadero antiguo, provocaron diversos estropicios menores y finalmente construyeron eso. —Señaló a la roca—. Me lo expliquen...

Era el gran momento de Eiji. Adoptó un aire profesional, competente.

—¿Habéis detectado otros cambios de comportamiento en la fauna?

—No; de momento, éste es el único, pero ¿te parece poco?

—¿Las habéis combatido?

—¿Eh? ¡Ah, no! —Kurt alzó las manos, en un gesto que proclamaba inocencia—. Nos quedamos tan sorprendidos, y los daños han sido tan escasos, que dimos aviso a las demás colonias. Las noticias vuelan; nos enteramos de lo ocurrido con las hadas de Eos, y dedujimos que ambos sucesos podrían estar relacionados. De momento, nos limitamos a observar extravagancias —concluyó, sin dejar de mirar a las laboriosas chicharras.

—Ya... ¿Se han mostrado hostiles frente a los seres humanos?

—¡Qué va! —El colono se acercó a la piedra y agarró una

chicharra pequeñita—. Son mansas; se dejan manosear, y sus compañeras no reaccionan.

Eiji estudió al animal. Era de una especie diferente al bichillo que había analizado momentos antes, aunque detectó ciertas similitudes. Sin duda, estaban lejanamente emparentados. También se hacía la muerta, para despistar a los depredadores.

—No es nada personal, hija —le susurró Eiji, en son de burla—, pero vas a ir derechita al tarro.

El bioanalizador cumplió con su función, y pasó los datos a la memoria. Mientras, los expedicionarios se dedicaban a contemplar fascinados el ir y venir de las chicharras en su colmena. Por eso, les sobresaltó la palabrota que soltó Eiji. Se volvieron hacia él, alarmados. El biólogo, enfundado en su aparatoso traje, miraba al aparato como si éste hubiera enloquecido.

—Según este cacharro —lo blandió al estilo de una cachiporra—, las chicharras son *idénticas, gen a gen*, a las hadas de Eos, Wanda. Si nos fijamos en el genoma, ¡se trata de *la misma especie*!

—Pues se parecen como un huevo a una castaña —replicó Bob, flemático—. Las hadas son gráciles, aladas y estúpidas, mientras que las chicharras... Además, Eos y Erewhon están separados por bastantes años luz.

—Pues eso es lo que hay —Eiji estaba muy excitado; se dirigió a Asdrúbal, que había permanecido callado todo el rato—. Comandante, necesito unos cuantos voluntarios y un equipo completo de recogida de muestras.

En Erewhon había edificios destinados a la investigación. Resultó sencillo adaptar uno de los laboratorios biológicos a las necesidades de Eiji. Estaba bien equipado, aunque los científicos locales miraban con ojos de deseo mal disimulado a los artilugios traídos de la *Kalevala*.

En medio del recinto estaba la colmena de piedra. La habían arrancado de su lugar gracias a unos cortadores láser, y traído hasta allí con una plataforma agrav. Las chicharras no parecían haberse inmutado con el traslado forzoso, y seguían enfrascadas en sus cosas. Un campo de fuerza evitaba posibles fugas de las más aventureras. En las mesas de disección, cual insectil galería de los horrores, yacían los cadáveres desmembrados de buen número de ellas.

Llevaban varios días en Erewhon, esperando a que Eiji concluyera sus prospecciones por el continente. A todos les apetecía proseguir el viaje, pero el biólogo insistió en que se trabajaba más a gusto en tierra firme, sobre el terreno, y Asdrúbal le dio el visto bueno. Aunque de personalidad inmadura, era competente. Se le podía permitir ese capricho. Mientras, los demás, por culpa del pésimo clima, se vieron obligados a quedarse en la casa comunal y a fomentar las relaciones sociales.

Finalmente, Eiji, con aire misterioso, convocó una reunión informativa, y los implicados se dirigieron al laboratorio. Alguien con sentido práctico había excavado una red de túneles desde la casa comunal al resto de los edificios, y no hubo que salir al exterior. Los integrantes de la comitiva caminaban en fila india y en silencio, cada uno sumido en sus cavilaciones o, simplemente, pensando en las musarañas. Wanda se puso al lado de su sobrino y le atizó un codazo disimulado.

—Intenta no mirar de forma tan descarada el culo de Nerea, chaval —le advirtió por el comunicador privado—. Se te nota demasiado.

Bob se guardó de replicar en voz alta, pero apartó la mirada de su objetivo y enrojeció.

—No digas disparates, tía.

—¿Disparates? ¡Ja! En mis años mozos, cuando me rondaba un montón de moscones, vi esa mirada fija, inconfundible, que persigue cierta parte de nuestra anatomía. Los hombres, siempre pensando en lo único...

—Wanda, te estás figurando unas cosas...

—No lo arregles, que es peor. —Su semblante seguía inmutable mientras caminaba, aunque en su fuero interno se estaba divirtiendo horrores—. Eso sí, reconozco que la chica está bien formada, aunque algo flaca. Tienes buen gusto, pillín... Bien que has ido tras ella estos días, dándole la tabarra, ¿eh?

—Tía...

—Al menos, aún no te ha mandado a paseo. Deduzco que tienes posibilidades.

—Ya basta, ¿no?

Bob estaba tan pendiente de aquel diálogo silente que estuvo a punto de atropellar a Nerea cuando la comitiva se paró en seco ante la puerta del laboratorio. El incidente quedó en un leve empellón. Al sentir el abordaje por la retaguardia, la piloto se volvió, extrañada.

—Perdona... —farfulló Bob, azorado.

—Estos jóvenes de hoy tienen la cabeza llena de pájaros —entró al quite Wanda—. Mira por dónde andas...

Nerea sonrió, quitándole importancia, y entraron al laboratorio. Allí, sin más preámbulos, Eiji les rogó que tomasen asiento y empezó con sus explicaciones. Se le notaba sobreexcitado.

—Amigos míos, queda fuera de toda duda que hadas y chicharras son genéticamente idénticas. Es la prueba definitiva de que fueron dispuestas aquí por unos misteriosos seres a los que desde ahora llamaré *sembradores*, si os parece bien.

—Amén —dijo Wanda—. Si pertenecen a la misma especie, ¿cómo explicas las diferencias de forma? No se parecen en nada...

—¡Ahí está la gracia! —replicó, con voz un tanto quebrada; Wanda pensó que a lo mejor se había atiborrado de estimulantes—. Aunque los genomas de hadas y chicharras sean idénticos, hay unas moléculas que regulan qué genes se expresan, y en qué orden. Cambios pequeños en el desarrollo embrionario, al sumarse de forma no lineal, dan lugar a resultados espectacularmente distintos. Tiene sentido —continuó, con la mirada perdida—. Fijaos: los sembradores disponen de un número relativamente reducido de especies para poblar mundos, pero pueden *programarlas* para que se adapten a entornos tan distintos como los de Eos y Erewhon. Sólo se trata de activar o bloquear ciertos reguladores. —Ahora, el biólogo se enfrentó a Wanda, y sonreía—. No tendría que extrañaros. Vosotros también modificáis organismos cuando colonizáis planetas. En realidad, convertís a animales y plantas en *herramientas biológicas* que cumplen vuestros propósitos.

—Nosotros manipulamos el genoma. Introducimos ADN útil en las especies que seleccionamos —repuso Bob—. Sin embargo, los sembradores juegan con moléculas reguladoras de la expresión génica... Interesante.

—Sí. Aunque los genomas de las chicharras estén fijados artificialmente, y sean incapaces de mutar, su expresión es sumamente plástica. Tenemos así adaptación sin mutaciones. ¡Toma ya!

En los últimos días, Kurt había sido informado de la teoría de la panspermia en la Vía Rápida. Sin embargo, lo que a él le preocupaba era *lo suyo*:

—Bueno, pero ¿cómo explica eso el cambio de conducta en las chicharras?

—Pues resulta que *los cambios ambientales modifican la expresión de los genes* de estas criaturas —soltó Eiji con solemnidad.

Se hizo el silencio, mientras los demás trataban de digerir aquella información.

—¿Qué cambios ambientales? —preguntó Kurt, claramente a la defensiva.

—Por suerte, tenemos la respuesta. Hemos capturado chicharras del continente, y las comparamos con nuestras amigas. —Eiji señaló a la colonia que presidía el laboratorio—. A la hora de preparar el suelo para los invernaderos, lo fumigasteis con bromuro de metilo, ¿verdad? Es muy barato producirlo.

Se trata de un biocida prohibido desde hace milenios. También se carga a los bichos alienígenas, por azares de la bioquímica.

El semblante de Kurt se crispó. Aquello había sonado como una acusación.

—Lo empleamos en dosis adecuadas y en condiciones estrictamente controladas. Velamos por la fauna autóctona y...

—Y yo me lo creo. —A Eiji no parecía importarle el enojo del colono—. Pero el bromuro que usáis para esterilizar el suelo se filtró y llegó, en dosis no letales, a las chicharras solitarias. Dentro de sus cuerpos, se unió a ciertas moléculas y algunos genes que estaban reprimidos se desbloquearon. Ahí tenéis el resultado. La tasa reproductora ha aumentado de manera increíble y de repente se han convertido en animales sociales. En pocas generaciones, se ha desarrollado incluso un sistema de castas.

»Pero el proceso no se detiene ahí. Al tornarse gregarias, las chicharras alteran el entorno, lo cual, a su vez, afecta a la expresión de nuevos genes. Se modifica el comportamiento aún más, y se genera una espiral de cambio de consecuencias imprevisibles. El proceso se retroalimenta hasta que al final se alcanza algún tipo de equilibrio...

—O todo se va al carajo —sentenció Asdrúbal. Era difícil contemplar la modesta colmena de chicharras y que la mente no la asociara con las ruinas de VR-218.

—En cualquier caso, hasta a mí me asusta lo brutal del cambio —prosiguió Eiji, después de una pausa dramática—. Tras la exposición al bromuro, en un par de generaciones desarrollaron la capacidad de segregar un ácido capaz de corroer la roca. Así excavan sus madrigueras. El sistema de castas vino a continuación y... ¿En qué se convertirán si nada las para?

Asdrúbal no fue el único en rememorar la imagen de VR-218.

—¿A que estamos pensando en lo mismo? —dijo Nerea.

—¿Seríais tan amables de ponerme al corriente? —Kurt estaba bastante molesto.

—Ruinas en mundos muertos —respondió Eiji, y le expuso un resumen del tema. Luego se desentendió del colono y se dirigió a Wanda—. Eso me llevó a retomar el tema de las hadas majaretas. Envié un mensaje en el que ordenaba a los robots que dejamos en Eos que capturaran ejemplares en distintos lugares, los analizamos y... En efecto, algo en el ambiente ha activado ciertos genes, en este caso relacionados con la actividad del sistema nervioso. Eso ha provocado cambios de conducta. ¿Tienen algún propósito final, o se deben al azar?

—¿Cuál podría ser el desencadenante en el caso de las hadas? —preguntó Bob.

—Sólo se me ocurre uno: *la actividad humana*. Alteramos el medio, eso afecta de algún modo a los bichos, ciertos genes durmientes se expresan y...

—Eso quiere decir que todos los mundos de la Vía Rápida habitados por colonos pueden estar a punto de sufrir catástrofes ecológicas —concluyó Asdrúbal.

Otro silencio sepulcral. La animosidad de Kurt se había esfumado como por ensalmo. Ahora sólo quedaba un hombre desconcertado, atemorizado.

—¿Qué... qué deberíamos hacer? ¿Erradicar las chicharras?

—Si me permiten —intervino Manfredo con su exquisitez habitual—. No soy ecólogo, pero la eliminación de una especie puede conllevar consecuencias imprevisibles en los ecosistemas.

—¿Qué consecuencias ni qué niño muerto? —fue la desabrida respuesta de Kurt—. ¡Sólo son unos bichos insignificantes!

—Tal vez se trate de una *especie clave* —insistió el arqueólogo—. Su eliminación podría generar estrés en otras (por ejemplo, sus depredadores), y estamos hablando de criaturas cuya expresión del genoma es sensible a los cambios ambientales. Además... En Eos hallamos ruinas alienígenas. Determinamos que las construcciones fueron literalmente devoradas por microorganismos. ¿Y si, por imprudencia, provocáramos la aparición de cepas de microbios asesinos, capaces de sintetizar venenos mortíferos o atacar a las personas? Mediten sobre ello.

En pocos minutos de charla ya llevaban unos cuantos silencios sepulcrales. Éste fue el más largo e incómodo.

—O sea, es como si estuviéramos sentados sobre un barril de nitroglicerina —dijo Wanda al cabo de un rato, resignada.

—En los viejos tiempos rezaban —añadió Manfredo—. No servía para remediar los problemas, pero al menos consolaba.

—Fantástico —murmuró Wanda. Mientras, las chicharras, ajenas a las tribulaciones de sus carceleros, seguían tallando laberintos en la roca.

Erewhon había quedado muy atrás. La *Kalevala* surcaba de nuevo el hiperespacio, camino del centro galáctico. Bob paseaba por las dependencias de la nave, en apariencia ocioso. Realmente iba de caza, a ver si podía enterarse de secretos tecnológicos. Le costaba acostumbrarse a la *Kalevala*. Pese a que no era una astronave grande, el interior daba sensación de amplitud y desahogo. Había unos pasillos que recorrían los costados de proa a popa. Aparte de su función primordial de conectar dependencias, durante ciertas horas se permitía a los tripulantes fanáticos del deporte usarlos como improvisada pista de atletismo.

—Si tuvieran que cultivar la tierra o llevar una casa repleta de críos, seguro que no tendrían que recurrir a eso para quemar calorías —había sentenciado Wanda el primer día, nada más cruzarse con un esforzado corredor echando el bofe, y Bob le dio la razón.

Aquella tarde todo estaba inusualmente tranquilo. Los tripulantes descansaban o se ocupaban de otras tareas, así que Bob caminaba solitario y un tanto aburrido. Decidió buscar a alguno de los científicos para preguntarle si habían averiguado algo interesante, cuando al doblar un recodo estuvo a punto de darse de bruces con Nerea. La piloto iba vestida con pantalones cortos y una camiseta vieja que dejaba el ombligo al aire y muy poco espacio a la imaginación. Corría descalza, y lo de *piernas bien torneadas* no era una mera frase hecha para referirse a ellas. El sudor hacía que la tela se le pegase al cuerpo. Se paró al lado de Bob, y éste tragó saliva. «Mírala a los ojos. A los O-J-O-S», se dijo, forzándose a no actuar como un pajarillo hipnotizado por una serpiente. Antes de que pudiera pronunciar una frase para salir del paso, ella se le adelantó, sonriente:

—¡Hola, Bob! Pareces un alma en pena, vagando sin rumbo...

—Pues... Pensaba reunirme con Eiji, a ver si tenía novedades sobre las chicharras —dijo, tratando de mantener la compostura—. ¿Sabes por dónde anda?

—Creo que reservó la sala de hologramas. Algo está tramando, seguro. Oye; concédeme un cuarto de hora para que me duche y me ponga presentable, y te acompañaré a echar un vistazo. ¿Hace? A cambio, luego te pagas unas rondas en la cantina.

—De acuerdo —respondió el joven sin dudarlo—. Quince minutos, pues. ¿Dónde?

—En la sala de reuniones. ¡Nos vemos!

Nerea se alejó al trote. Bob la observó hasta que se perdió tras una curva del pasillo. Sí, la tarde se presentaba prometedora. «Desde el punto de vista tecnológico, claro está», trató de justificarse ante su conciencia.

La sala de hologramas era un recinto habilitado para el esparcimiento de la tripulación. Sus ordenadores eran capaces de generar imágenes 3D de una calidad impresionante. Las películas interactivas y partidas de rol figuraban entre los pasatiempos más populares, aunque también podía emplearse para otros fines. Por ejemplo, en ocasiones servía para simular con realismo extremo diversos escenarios donde los militares o los técnicos pudieran enfrentarse a situaciones límite. Asimismo, los científicos se apuntaban ocasionalmente a la lista de espera de la sala. Su elevada capacidad de proceso de datos permitía desarrollar modelos en un tiempo récord.

Bob aguardaba la llegada de Nerea más nervioso de lo que estaba dispuesto a confesar. No se consideraba un mojigato, pero aquella chica le aceleraba las pulsaciones sin que pudiera evitarlo. Odiaba eso. Tenía que mantener la cabeza fría, y comportarse como el digno asistente de la delegación colonial que...

Y allí apareció ella, con su paso atlético, su uniforme limpio y su pelo corto peinado en una simpática cresta. Inconscientemente, el joven se irguió y metió tripa. Nerea, con toda familiaridad, lo agarró del brazo.

—Venga, Bob; es por aquí.

En la cultura de los colonos era frecuente el contacto físico. Resultaba normal abrazarse, darse palmadas y cogerse del brazo. Pese a eso, aquel contacto íntimo fue especial para Bob. Se arrimó a Nerea todo cuanto permitía el decoro. Inhaló el aroma que desprendía su cuerpo. No pudo identificar el perfume que usaba, pero cautivaba los sentidos sin llegar a ser empalagoso. Se preguntó si le echarían feromonas. «En fin, disfrutemos del momento», se dijo.

Llevaban recorridos unos metros cuando una compuerta camuflada se abrió ante ellos. Probablemente, reconoció a Nerea y les franqueó el paso.

—Bueno, Bob, aquí tienes la famosa sala de hologramas y... Caramba, no sabía que estuvieran pasando una película de terror.

Por todo el recinto flotaban incontables criaturas alienígenas de muy diverso aspecto, desde cucarachas de largas patas hasta otras que más bien se asemejaban a la peor pesadilla de un desquiciado. En cuanto a tamaños, veíanse desde diminutas chicharras hasta ciempiés hipertrofiados de cinco metros de altura. El joven colono se quedó absorto delante de un depredador con unas mandíbulas capaces de destrozar una viga de acero. En el centro de aquel muestrario de horrores, cual capitán Nemo tocando el órgano, estaba Eiji. Sus manos volaban a través de las consolas virtuales, y nuevos insectoides emergían de la nada.

Nerea miró a Bob con expresión traviesa y le rogó silencio llevándose un dedo a los labios. Acto seguido, se acercó sigilosamente al biólogo y le agarró el cuello con las manos, al tiempo que musitaba, con voz de ultratumba:

—Carne humana...

El grito debió de oírse hasta en la sala de máquinas. Después de las inevitables menciones a los ancestros de la piloto y las disculpas de ésta, Eiji, aún enfurruñado, estuvo dispuesto a explicarles de qué iba aquello:

—Me dedico a extrapolar posibles fenotipos. Dicho para que hasta unos legos como vosotros lo entendáis, introduzco el genoma de las chicharras y activo o bloqueo ciertos genes, a ver qué sucede. Esto es lo que obtenemos —señaló a su alrededor—. Las interacciones entre el genoma y los factores ambientales son demasiado complejas. Pensé que sólo produciría un número limitado de cuerpos, pero las posibilidades parecen infinitas. Mi esperanza, suponiendo que se trate de la misma especie, era averiguar el aspecto de los constructores de las ruinas de VR-218, pero me temo que resulta imposible.

—Hay que ver lo que da de sí un único genoma —murmuró Bob, impresionado.

—Es como la Biblioteca de Babel. En ella están almacenados todos los libros imaginables. El problema es hallar los que deseamos leer.

El biólogo, sobresaltado por aquella interrupción, dio un respingo.

—Ah, hola, Manfredo. No te oímos llegar. —Nerea le saludó con un gesto de cabeza.

—Interesante galería de alienígenas —comentó el arqueólogo, que contemplaba impasible los hologramas—. Tenía entendido que los insectos no podían alcanzar dimensiones tan considerables —añadió, deteniéndose ante una gárgola erizada de espinas.

—Los insectos de la Vieja Tierra están limitados por el diseño corporal que heredaron de sus antepasados. —Al biólogo se le fue pasando el enfado conforme hacía gala de sus conocimientos—. El aparato respiratorio es su talón de Aquiles; si fueran mayores de lo que son, se asfixiarían. Sin embargo, que no os engañe el parecido superficial. Las chicharras y las hadas no son auténticos insectos. Respiran mediante unos órganos que recuerdan a los pulmones en libro de las arañas, pero mucho más eficientes. Por desgracia, no tenemos forma de saber si los cambios ambientales provocados por los colonos darán lugar a criaturas inteligentes o a míseros bichitos.

—¿Cuál sería el propósito de los sembradores cuando dejaron sueltos a estos seres? Es como una lotería biológica —comentó Nerea.

—Se me ocurre que tal vez los sembradores hayan dispuesto algún sistema de seguridad para eliminar las variantes indeseables. Sí, algo al estilo de lo que los militares hacen con los comandos, cuando les implantan bloqueos moleculares para evitar que el enemigo...

—No es conveniente revelar secretos militares delante de extraños, doctor Tanaka —lo amonestó el arqueólogo, en tono severo.

Nerea y Bob los dejaron discutir y abandonaron la sala de hologramas.

—Tengo la impresión de que seguimos sumidos en la más profunda ignorancia —dijo Bob—. No sabemos qué pretendían los sembradores, ni si los mundos muertos de la Vía Rápida se quedaron así por culpa de sus propios habitantes o por una agresión externa.

—Seamos optimistas. Puede que hallemos pistas significativas en los próximos planetas. —Volvió a tomar del brazo a Bob—. Y ahora, lo prometido es deuda. ¡Hora de visitar la cantina!

—Una cantina en la nave... Si algo me choca de vosotros es esa manía de que la tripulación esté contenta. ¿No os pasáis un poco?

—Así rendimos más, o protestamos menos cuando nos asignan alguna misión desagradable. Bueno, nos descuentan del sueldo cada consumición, para que no nos excedamos. —Miró al joven a los ojos—. ¿Qué pasa en vuestras naves? ¿Os mantienen hibernados, o qué?

—Pues en todas hay una sala comunal que...

Los dos se perdieron por un recodo, charlando animadamente.

—Mi cabeza...

—Tranquilo, hijo. El matasanos de a bordo me ha asegurado que esta pastilla es un remedio infalible contra la resaca. Por cierto, con el poco aguante que tienes para la bebida, no sé cómo se te ocurrió pillar semejante cogorza. Cerebro de chorlito...

Con esfuerzo sobrehumano, Bob se incorporó y se tragó la píldora con la ayuda del vaso de agua que le ofreció su tía.

—No hables tan alto, por favor. Y pídele al universo que deje de dar vueltas a mi alrededor. Ahora mismo no sé ni dónde estoy.

—En el camarote de Nerea, en pelota picada. Tranquilo; el robot de mantenimiento ha limpiado la habitación de vómitos y otros fluidos orgánicos. Eso sí, creo que el cacharro os va a retirar el saludo, por guarros.

—¿El camarote de...? —Bob se incorporó de golpe, pero se arrepintió al instante. Se desplomó sobre el lecho, sintiendo como si le hubieran metido la cabeza en una fresadora—. Ay... Estoy por pedirte que me remates para que no sufra.

—Valiente quejica. —Wanda le puso un paño húmedo en la frente—. Deja que actúe el medicamento. Dicen que es cuestión de minutos.

En efecto, la droga surtía efecto. La confusión mental del joven fue disipándose, y poco a poco recordó lo acontecido durante la tarde anterior.

—La cantina... —farfulló.

—Os pulisteis el sueldo de todo un mes en tequila, insensatos.

—Fue una competición entre ambos a ver quién aguantaba más. ¿Cómo se llamaban los vasitos esos que se toman con limón y sal? ¿Chupitos? ¿Mojitos? ¿Mariachis? Uf... No me lo explico. ¡Si eran diminutos!

—Ya, pero cuando te metes varias docenas entre pecho y espalda, el cuerpo lo nota. Yo también me propasé alguna que otra vez en mi juventud, pero lo vuestro fue apoteósico, según me contaron. No sé cómo pudisteis llegar al camarote. ¿Reptando, quizá?

—Nerea tenía unas cápsulas estimulantes que neutralizaban los efectos del alcohol, o eso entendí. —Los huecos en la memoria de Bob seguían rellenándose a paso de tortuga.

—Momentáneamente, me temo. Cuando el efecto pasó... En fin, fue como un mazazo, de acuerdo con el médico.

—¿Ha venido el doctor? —Bob se apretó las sienes con los pulgares y su cara se contrajo en un gesto de dolor—. Qué bochorno...

—Te informo que toda la nave se ha enterado, para regocijo general. Bueno, al menos os divertisteis, ¿eh, truhán? —El joven se puso colorado como un tomate—. Ajá, deduzco que algo hicisteis...

—Si me pongo a enumerar las cosas que no hicimos, acabaría antes. —Bob pareció hundirse en el catre—. Si hasta le... Madre mía. —Cerró los ojos—. Esas cápsulas tenían que contener algo raro, seguro.

—En el pecado llevas la penitencia. —Le dio unas palmaditas afectuosas en el brazo—. Cuando te espabiles, dúchate y cena algo. El estómago te lo agradecerá.

—¿Cenar? Pero ¿cuánto tiempo llevo fuera de combate?

—Una noche y un día enteros, ¡oh, portentoso semental!

—Dioses... —Con dificultad, Bob se dio la vuelta y se puso boca abajo sobre el colchón—. ¿Y Nerea?

—Cuando llegué estaba tumbada en el suelo, con tus calzoncillos a modo de gorra. Su hígado debe de estar curado de espantos, puesto que se levantó hace un par de horas, se lavó y se fue a tomar el aire. Fue ella quien me llamó, preocupada por tu estado de salud. Una moza muy considerada. Bueno, te dejo a solas. Nos vemos luego.

Nerea estaba sentada en una mesa del comedor, bebiendo a pequeños sorbitos con una pajita de un tazón de caldo. Llevaba gafas de sol, algo incongruente en una nave espacial. Al ver a Bob, le hizo una señal para que se reuniera con ella.

—Me alegro de que sigas vivo —le dijo, con voz ronca.

—Igualmente —respondió él. Aún sentía náuseas, pero se forzó a pedir un consomé y un vaso de agua al robot camarero.

—Tampoco creas que cometo estos excesos muy a menudo —le indicó Nerea, al cabo de un rato.

—Tranquila; te creo. Menudo espectáculo tuvimos que dar, ¿eh?

—Y sin cobrar al público, que es lo malo. —Dio otro sorbo al tazón—. Menos mal que no tengo que conducir la lanzadera mañana.

Tomaron su frugal cena en silencio, mientras soportaban estoicamente las sonrisas y miradas de complicidad de los tripulantes que se dejaban caer por el comedor.

—Parecéis recién salidos de una guerra —les dijo Marga al pasar por su lado.

—Nerea, en cuanto a lo de anoche... —comenzó a decir Bob.

—Tuvimos nuestros momentos gloriosos, como lo de la almohada, el cinturón y...

—Corramos un tupido velo, ¿quieres? —la cortó Bob, ruborizándose y mirando fijamente a la mesa.

Siguieron callados durante unos minutos, hasta que la piloto se quitó las gafas. Lucía unas espléndidas ojeras.

—La próxima vez, que sea en tu camarote, Bob, y un poco más sobrios.

Bob le devolvió la mirada y sonrió.

—Te tomo la palabra.

Bob se dio la vuelta con cuidado. Los catres no estaban diseñados para dos personas, aunque fueran poco corpulentas.

—¿En qué piensas? —le preguntó Nerea, soñolienta.

—En nada especial. Bueno, en lo que podríamos encontrarnos en la próxima parada. Al fin y al cabo, es el destino de mi mundo lo que está en juego.

—Ya verás como todo se arregla. Relájate. Por cierto, ¿has desistido ya de adivinar quién es el androide?

Nerea se arrimó y empezó a masajearle los hombros.

—Estoy seguro de que se trata de Manfredo, el arqueólogo. ¿Puedes creerlo? Rebuscando en los archivos, he dado con su currículo. ¡Lleva casi *dos mil años* publicando artículos! ¡Ningún ser humano puede ser tan longevo!

—No subestimes los adelantos médicos, Bob.

—Vosotros vivís siglos, no milenios. Es él, fijo.

—¿Y...? ¿Vas a salir corriendo cada vez que se cruce en tu camino? —El tono de Nerea era meloso, mientras dibujaba arabescos con los dedos en la espalda del muchacho.

—Mujer, no soy racista —protestó—. ¿Qué más me da? Es un excelente arqueólogo, y punto. Muy educado, además.

—Bien por ti.

Las manos femeninas siguieron explorando su cuerpo, y poco después las palabras estuvieron de más. Cuando acabaron, abrazado al cuerpo cálido y suave de Nerea, y sumido en una agradable lasitud, Bob se entristeció súbitamente. La misión conjunta acabaría tarde o temprano, y sin duda ya no volverían a verse. Pero para eso aún faltaba mucho. Decidió no pensar en el futuro, o confiar en que sucediera un milagro que permitiera que siguieran juntos para siempre.

Capítulo V

PRESAS

Últimamente, a los colonos se les hacía cada vez más difícil imaginar que hubo un tiempo en que sus vidas no transcurrían en la sólida rutina de la *Kalevala*: seleccionar uno de los sistemas solares de la Vía Rápida de entre los muchos disponibles, visitarlo, recoger muestras, analizarlas, reanudar la marcha y vuelta a empezar.

Eiji confirmó que los sembradores habían dispuesto en cada planeta un número muy escaso de especies. Una biosfera típica contenía, por término medio, varios millones; en cambio, en los mundos de la Vía Rápida no pasaban de unos pocos cientos. Pese a que la biodiversidad fuera tan baja, la capacidad de los genomas de variar su expresión dependiendo del ambiente lograba que la variedad de animales, plantas y hongos fuera espectacular. Cada región exhibía su sello personal, irrepetible. Un mismo juego de genes se traducía, a veces, en miles de tamaños y formas diferentes. Y contra todo pronóstico, los ecosistemas funcionaban en armonía.

Manfredo, por su parte, era quien tenía más motivos para sentirse frustrado, aunque no lo aparentase. Había ruinas alienígenas en un porcentaje reducido de mundos, pero nunca daba con vestigios de sus constructores. Parecía como si los dioses quisieran borrar su memoria del cosmos.

Los geólogos, con Marga a la cabeza, lograron afinar considerablemente sus métodos de datación. Así, confirmaron sus sospechas: conforme avanzaban hacia el centro galáctico, las biosferas eran algo más jóvenes.

—De mantenerse esta progresión —anunció Marga—, calculo que en algún punto entre VR-1000 y VR-1100 daremos con planetas recién sembrados.

La noticia agradó a todos los miembros de la expedición. Ésta amenazaba con convertirse en una tediosa y repetitiva campaña de muestreos. Ahora, en cambio, vislumbraban una meta en el horizonte. Sin embargo, el viaje de la *Kalevala* distaba mucho de estar acabado. Al paso que iba, amenazaba con alargarse más que el de Darwin en el *Beagle*. Los militares estaban acostumbrados a pasar largas temporadas alejados de los suyos. Los científicos, inmersos en una vorágine de descubrimientos, no tenían muchas ganas de regresar; diríase incluso que se lo estaban pasando en grande. ¿Y los colonos?

Wanda, a sus años, se tomaba aquello como unas vacaciones pagadas. En los meses que llevaban explorando la Vía Rápida, habían parado en una veintena de mundos. Cada uno de ellos, excepto VR-218, poseía una biosfera fascinante. En unos cuantos había asentamientos coloniales, por lo que pudo aprovechar para charlar con antiguos camaradas y entablar nuevas amistades. Además, había aparcado sus responsabilidades como matriarca del clan. Y en la *Kalevala* se comía bien. Podría soportarlo. Respecto a Bob... Bueno, tenía a Nerea. En apariencia, a la piloto le gustaba aquel mozo un tanto callado, de trato franco y que se desvivía por mostrarse cariñoso en la intimidad. Ella le devolvía con creces aquellas muestras de afecto.

En suma, la *Kalevala* era un microcosmos bien avenido. Cada científico jefe disponía de un equipo de ayudantes con el que diseñar experimentos e intercambiar impresiones. Los tripulantes gozaban de tiempo libre para dedicarlo a sus aficiones y el comandante podía centrarse en la misión, en vez de lidiar con problemas de importancia secundaria.

Bueno, no todo era felicidad. Quedaban cuestiones que provocaban una cierta frustración general, desde Asdrúbal hasta el último maquinista. ¿Cuál era el propósito final de los sembradores? ¿Por qué destruían los mundos que tan cuidadosamente fertilizaban? Y con esa implacable regularidad de 802 años, por añadidura...

Irónicamente, algunas de las posibles respuestas llegaron desde Eos.

—Daría un ojo de la cara por averiguar cómo te comunicas con tu mundo sin que lo detectemos, Wanda. Te aprovechas de que seamos aliados. En otras circunstancias, no permitiría en mi nave la existencia de un fallo de seguridad tan patente —dijo el comandante, medio en serio.

—Permite que esta pobre mujer guarde algunos secretos. —Wanda le guiñó un ojo, con picardía—. Reúne a los chicos. Tengo algo que les interesará.

Los científicos, Asdrúbal y Nerea formaban un corro en torno a los colonos. Se hallaban en la sala de reuniones, sentados en cómodos sillones de estilo antiguo, y con sendos vasos en las manos. El del comandante era el único que no contenía una bebida alcohólica.

Wanda sabía manejar los tiempos de una reunión. Para alguien acostumbrada a lidiar con rebaños de niños semisalvajes, era muy fácil captar la atención de un auditorio tan entregado.

—Bien, damas y caballeros —dijo, paseando lentamente entre las mesas—, mientras vosotros presumís de poderío tecnológico, nuestros biólogos no han permanecido ociosos. ¿Recordáis lo que os comenté sobre ciertas catástrofes ecológicas que sufrimos años atrás?

—Aquello de los peces y las setas —repuso Asdrúbal, y

Wanda asintió—. Súbitamente, las especies alienígenas se *rebelaron* y os echaron de sus dominios.

—Pero en vez de investigar unos sucesos tan llamativos, os mudasteis a otra región —apostilló Eiji, con malicia.

—Lo hecho, hecho está. —Wanda encogió los hombros—. Después del susto que nos dio aquella hada, mandamos a unos cuantos equipos a las pesquerías y los bosques abandonados. Acaban de enviarme los resultados preliminares.

—¿Y bien...? —El biólogo comenzaba a impacientarse.

—En ambos lugares, la biota autóctona está extrayendo minerales del subsuelo y se empeña en acumularlos.

—¿Qué? —exclamaron varias voces al unísono.

—Ciertas especies similares a hongos filamentosos se dedican a horadar la tierra y los fondos marinos. Bombean hierro, vanadio, cobre y mil cosas más a la superficie. Pequeños animales se alimentan de esos hongos, y sus excrementos se depositan en capas ordenadas sobre el terreno. Las algas microscópicas medran ahí, y engloban a los minerales en una matriz orgánica rica en moléculas energéticas. En otras palabras, están empezando a fabricar lo nunca visto en Eos: petróleo enriquecido con minerales y metales. Y por si fuera poco, lo empaquetan y lo dejan listo para llevar.

Eiji abrió los ojos como platos.

—Pero eso es... —murmuró.

—Trabajo en equipo, coordinado. —Wanda fue tajante—. Ya sé que a los científicos os desagrada especular o afirmar sin pruebas, pero lo de Eos tiene toda la pinta de... ¿Cómo lo expresaría mejor? —Chascó los dedos—. Según los geólogos, los sembradores van a pasar por mi mundo (y no precisamente a desearnos los buenos días) dentro de 75 años. De alguna manera, las especies alienígenas *lo saben*. Sus creadores tienen que haber dispuesto algún mecanismo para que la biosfera toda madure y se prepare para la cosecha. Muy bonito, si no fuera por el detalle de que mi gente está en medio.

Eiji fue a protestar, pero Marga lo interrumpió.

—Tendría sentido. —Su rostro se iluminó, como si de repente cayera en la cuenta de algo esencial—. Vosotros, los colonos, usáis a los seres vivos como herramientas. Los diseñáis y manipuláis sus genes para eso. Recuerdo la casa comunal, construida a base de árboles vivos, que tanto me fascinó...

Bob supo dónde quería ir a parar la geóloga.

—Si lo extrapolamos a la biosfera completa... Quizá la vida sea simplemente la herramienta de la que se valen los sembradores para poder recolectar cómodamente las riquezas de un planeta. Así, en vez de sacar la materia prima, ya la tendrían elaborada o procesada parcialmente. Eso les supondría un ahorro notable.

—No sólo se llevarían los elementos minerales, sino la biomasa —añadió Wanda—. Gigatoneladas de materia orgánica... Creo que en Eos estamos viendo el inicio de la fase final del proceso. Los ecosistemas, al madurar, se convierten en meros agentes recolectores... de usar y tirar. Desechables. Indudablemente, los sembradores piensan a lo grande.

—Si se me permite interrumpir... —dijo Manfredo—. En la Antigüedad, alguien dijo, refiriéndose al trato que los amos daban a los siervos, que lo más inteligente es esquilar a las ovejas, no desollarlas. Para unos seres capaces de diseñar y manipular biosferas, parecería más lógico no destruirlas después de la cosecha, sino dejarlas que siguieran produciendo en el futuro.

—Lógico desde el punto de vista humano, algo que los sembradores no son. —Wanda sonó lapidaria.

Se tiraron un buen rato rebatiendo esa hipótesis. Conforme pasaban los minutos, más convencidos estaban de que la sugerencia de Wanda se ceñía bastante bien a los hechos conocidos. Entonces surgió el otro gran tema.

—¿Qué ocurre con la vida inteligente? ¿Para qué permitir que florezca si luego la aniquilan de forma tan concienzuda? ¿Qué sentido tiene? —se preguntó Marga en voz alta.

Nerea había permanecido callada la mayor parte del tiempo, escuchando respetuosamente a los sabios. Bob se preguntaba por qué permitían que una simple piloto, por muy simpática que fuese, participara en aquellas reuniones de alto nivel. Desde luego, él no pensaba protestar; agradecía su presencia. Aprovechando una pausa en la discusión, Nerea metió baza:

—Me da la impresión de que otorgáis una importancia excesiva a la aparición de la inteligencia, la cultura, la tecnología... Wanda ha recalcado que los sembradores no son humanos. Tal vez consideren a la civilización como un efecto secundario indeseable, o simplemente molesto. Al estilo de una mala hierba en el cultivo, ¿me explico? Y las malas hierbas se escardan, ¿no?

Todos se la quedaron mirando.

—¿Estás de broma? —le recriminó Eiji—. La tendencia a la complejidad de los sistemas biológicos...

Nerea se limitó a mirarlo. Sonreía, escéptica.

—¿No nos estaremos pasando con tantas precauciones? ¡Se supone que ésta es una expedición científica!

—Tranquilo, Eiji. Sé más sufrido, hombre.

El biólogo no se dignó responder a Wanda y acabó de embutirse en la escafandra.

Ya habían dejado atrás el último mundo de la Vía Rápida colonizado por humanos. Entraban en territorio desconocido, y entonces empezaron a desvelarse algunos secretos de la *Kalevala*.

—O es una nave de guerra, o nuestros anfitriones son mucho más paranoicos de lo que suponía —le comentó Wanda a su sobrino, pero en su fuero interno estaba de acuerdo con las medidas de seguridad estándar que había impuesto Asdrúbal antes de cada reentrada al espacio normal. A la hora de meterse en una zona de la que nada se sabía, y con lo que iban descubriendo de los sembradores, convenía que uno no se fiara ni de su propio padre.

Antes de que la *Kalevala* arribara a un sistema solar, previamente se enviaba una flotilla de minúsculos vehículos MRL no tripulados para peinar el terreno, por si acaso. También, de paso, determinaban si había mundos con vida, y sólo se detenían en los más prometedores.

Las precauciones no terminaban ahí. Asdrúbal se mostró inflexible en el cumplimiento de los protocolos de seguridad. La nave emergía al espacio normal con los motores apagados, los escudos de camuflaje activados y cada tripulante en su puesto, vestido con traje de presión por si se recibía algún ataque. Los pilotos como Nerea estaban en la cabina de las lanzaderas y vehículos auxiliares, atentos a lo que pudiera ocurrir. Los colonos y los científicos, además, descubrieron que algunos individuos de cometido poco claro eran, en realidad, artilleros e infantes de Marina. La *Kalevala* en absoluto iba desarmada.

—Me pregunto con qué alienígenas habrán tenido que luchar estos tipos en el brazo de Orión, para estar tan desquiciados —dijo Bob.

—Puede que sea mejor que no lo sepamos —sentenció su tía.

VR-513 fue el primer objetivo seleccionado, por una razón bien obvia. Las sondas habían detectado emisiones de radio.

Después de cerciorarse de que no hubiera trazas de naves espaciales, la *Kalevala* entró en el sistema con prudencia, escudándose en la sombra de un gigante gaseoso. A continuación inició una aproximación cautelosa al planeta. Mientras, las microsondas transmitían datos e imágenes a los ávidos científicos. Y no sólo a ellos; todo el mundo era presa de gran excitación. Habían dado con vida inteligente.

La Humanidad había sufrido malas experiencias y decepciones en sus primeros contactos con alienígenas, y Asdrúbal no quería correr riesgos. Por tanto, nada de bajar al planeta, plantarse delante de los alienígenas, sonreír y levantar la mano en son de paz. Se cuidaron mucho de dejarse ver y procedieron con calma. Los resultados de la exploración fueron reenviados por vía cuántica al Cuartel General de la Armada. Si algo malo le sucediera a la *Kalevala*, su aventura no habría sido en vano.

El mundo habitado era el segundo a partir del sol. Gozaba de una temperatura media relativamente cálida, con dos continentes alargados que lo cruzaban de polo a polo. Los indicios de civilización se agrupaban en torno a las latitudes medias, de clima mediterráneo. Las sondas y los robots se las apañaron para tomar muestras biológicas de las especies dominantes. El genoma coincidía con el de hadas y chicharras, pero el aspecto de estos seres no podía ser más distinto, salvo en lo básico: exoesqueleto y apéndices articulados. Los cuerpos eran alargados y segmentados, como un cruce entre insecto palo y ciempiés, de hasta dos metros de altura. Tenían cuatro pares de extremidades; las dos posteriores les servían para desplazarse, mientras que las otras acababan en garfios manipuladores. Carecían de antenas, aunque de la cabeza brotaban diversas protuberancias con receptores sensoriales. La boca era una hendidura vertical, orlada de piezas cortantes.

Los alienígenas vivían en ciudades de casas bajas, con tejados planos un poco inclinados, diseñados para recoger el agua de lluvia y almacenarla en aljibes subterráneos. No había puertas ni ventanas, excepto la estrecha abertura de entrada. Una urbe típica albergaría unos trescientos mil habitantes. En la periferia se alzaban los complejos industriales: acerías, plantas químicas, centrales eléctricas... No se veían signos de agricultura, aunque sí de ganadería. Diversos animales eran empleados como fuente de carne, bestias de carga o guardianes. Las muestras recogidas revelaron que tanto los alienígenas inteligentes como sus animales domésticos eran genéticamente idénticos. Desde el punto de vista biológico, se trataba de la misma especie. ¿Estaban ante un sistema de castas muy complejo, en el que cabía el canibalismo? ¿O tal vez los alienígenas consideraban a sus mascotas como especies distintas, pese a compartir el mismo genoma? Los biólogos estaban desconcertados.

En suma, la *Kalevala* había dado con una sociedad muy industriosa y compleja. Además, estaba sumida en una guerra sin cuartel.

No resultó difícil determinar que los alienígenas se organizaban en multitud de pequeños estados. Las fronteras entre ellos eran auténticas tierras de nadie, deshabitadas y baldías. Los científicos, atónitos, pudieron estudiar a placer varias batallas en curso. Pronto, el asombro dejó paso al horror. Nadie tomaba prisioneros. A la mente de todos acudía una y otra vez la palabra *masacre*. Asdrúbal y sus camaradas militares comentaban los diferentes lances bélicos como quien visiona un documental. Por supuesto, se cuidaban de manifestar su entusiasmo de forma demasiado ostensible; la corrección política, ante todo.

—Fijaos en esas grandes formaciones compactas de infantería. —Asdrúbal señalaba a las pantallas—. Recuerdan a las falanges griegas o los tercios imperiales de la Vieja Tierra. Distintas castas se han especializado: infantería ligera, pesada... Caray; esos otros bichos grandes y rápidos deben de funcionar como caballería. Aunque los caballos no solían arrancar la cabeza del adversario a mordiscos...

No todos los países habían alcanzado un nivel tecnológico equivalente. Mientras que en uno de los continentes se combatía a base de flechas, armas blancas y porrazos, en el otro empleaban armas de fuego y vehículos automóviles. A veces, los propios soldados llevaban *de serie* las armas incorporadas en sus cuerpos. Unas vejigas llenas de líquido explosivo impulsaban con fuerza los proyectiles hacia el enemigo. Otras castas muy modificadas arrojaban chorros de gas incandescente por el abdomen, a modo de dragones.

Manfredo Virányi también contemplaba aquellas carnicerías desapasionadamente.

—Si estudiamos la geografía política de los alienígenas, me viene a la memoria cierta época de la Antigüedad, en un lugar llamado China, entre los años 770 y 476 antes de Cristo.

—¿Cristo? ¿Qué es eso? —preguntó Bob.

—Una vieja cronología hoy olvidada —respondió el arqueólogo—. Se conoció como *periodo de primavera y otoño*, y los chinos calcularon que en él hubo casi quinientas guerras, grandes y pequeñas. Por aquel entonces, China estaba dividida en numerosos reinos, empeñados en pelearse entre ellos. La población padeció lo indecible, hasta el punto de tener que entregar a sus hijos como alimento en los peores momentos. Nuestro comandante habrá oído hablar de un personaje que vivió por aquel entonces: Sun Tzu.

—¿El autor de *El Arte de la Guerra*? —Asdrúbal sonrió—. Cómo no. Es un compendio del buen sentido.

—Indiscutiblemente. Al final, los estados chinos más poderosos acabaron por absorber a los otros, y se alcanzó la unidad, siglos más tarde. Puede que aquí se dé un proceso similar. Sugiero que lo investiguemos.

En efecto, parecía que dos países, en el continente tecnológicamente más avanzado, se estaban imponiendo a sus vecinos. No había cuartel para los vencidos. La población era aniquilada y, en apariencia, reemplazada por los conquistadores.

—¿Es que no conocen el significado de la piedad? —se preguntó Marga, asqueada a la vez que fascinada por aquel drama.

—En la Vieja Tierra hay unos animales sociales llamados «hormigas» —comentó Eiji; después de la exhibición erudita de Manfredo, él no quería ser menos—. Uno de sus primeros estudiosos, Edward Wilson, dijo que si las hormigas dispusieran de armamento nuclear, habrían destruido el mundo varias veces. Tal vez la xenofobia, la agresividad inmisericorde, sean características de los animales sociales.

Los militares pronto bautizaron a los dos estados prepotentes como Imperio Azul e Imperio Negro, por la peculiar librea de sus soldados. Ambos practicaban la guerra total. Durante las primeras semanas de observación, los tripulantes de la *Kalevala* fueron testigos de ataques con armas químicas que despoblaron ciudades enteras.

—¿Se supone que debemos entendernos con esos energúmenos? —preguntó Bob.

Poco después, las sondas descubrieron que el Imperio Negro tenía una central nuclear. Estaba produciendo plutonio, y no cabían dudas de para qué.

—Bien, señoras y señores, ¿qué estrategia han preparado para establecer contacto?

Eiji y sus ayudantes miraron indecisos a Asdrúbal. Los *encuentros en la tercera fase* quedaban muy bonitos en libros y películas, pero en la vida real... La responsabilidad pesaba demasiado. No se encontraba una nueva civilización todos los días, y nadie deseaba meter la pata. Inevitablemente, en caso de duda se buscaba a alguien que tomara las decisiones y cargara con los reproches si las cosas se torcían. O sea, el comandante.

Asdrúbal no era tonto, ni deseaba que su hoja de servicios quedase manchada por culpa de algún incidente desgraciado. Al final, de mutuo acuerdo, pidieron consejo, a través de un canal cuántico cifrado, a reconocidos expertos de universidades y otras instituciones. Pronto se estableció un protocolo de actuación y, lo más importante, el personal de la *Kalevala* se limitaría a cumplir órdenes. La responsabilidad última recaería en otros.

Primero enviaron robots. Por supuesto, eran tecnológicamente primitivos, para evitar que los nativos se apoderaran de material potencialmente peligroso. La forma de los aparatos fue diseñada para que evidenciase que no eran de aquel mundo y despertasen la curiosidad. En una segunda fase, los robots sentarían las bases de una comunicación sencilla. Empezarían con la emisión de series numéricas simples, que luego se irían haciendo cada vez más complejas. Finalmente, podría establecerse contacto personal entre humanos y alienígenas.

Por desgracia, la reacción invariable de los nativos cada vez que se topaban con un robot era destruirlo. Siempre. No se molestaban en estudiarlo. Simplemente lo destrozaban con saña, y luego llevaban las piezas a una planta de reciclaje, donde eran fundidas. Daba igual el tamaño, aspecto o comportamiento de los robots. Los frustrados científicos se plantearon si aquella agresividad, en apariencia irreflexiva, era típica del Imperio Negro, pero no. Probaron en otros países, y el resultado fue idéntico. Aquellos seres parecían desconocer el concepto de *curiosidad*.

—¿Son figuraciones mías, o atacan a cualquier cosa con la que no estén familiarizados? —planteó Wanda.

—No me lo explico —se lamentó Eiji—. La inteligencia va asociada a la flexibilidad de comportamiento, a la adaptación a las condiciones cambiantes. Estos... malditos parecen actuar por puro instinto.

—Igual tienes que redefinir *inteligencia*, amigo mío.

Mientras, seguían llegando sugerencias desde las altas instancias. Un catedrático de la Universidad Central de Hlanith solicitó que estudiaran los cerebros alienígenas, a ver si sacaban algo en claro.

—Busquen en una necrópolis y consigan algún cadáver fresco —propuso.

Lamentablemente, los nativos no enterraban a sus muertos, sino que los reciclaban. Los llevaban a unas plantas de procesado y los convertían en combustible o pienso para el ganado.

—Habrá que capturar alguno vivo —concluyó Eiji—. A ser posible, uno de cada casta, por si alguna de ellas es más sensible que otras al trato con extraños.

El comandante se rebeló ante la sugerencia.

—¿Estáis pensando en meter varios bicharracos de ésos *en mi nave*? ¿Vivos? ¡Ni soñarlo!

—Tomaríamos las máximas medidas de seguridad, por descontado. —Eiji trató de contemporizar—. Los laboratorios de a bordo están capacitados para retener a esos seres en condiciones controladas.

Asdrúbal no se dejaba convencer.

—Conocí a un tipo que afirmaba que los comecosas de Erídano eran unos animales sensibles, con los que se podía convivir si se respetaban unas reglas básicas. Sus últimas palabras fueron: «¿Veis? Son receptivos al cariño. Sólo muerden cuando tienen hambre, y éstos están empachados.» El mayor trozo que pudimos recuperar de aquel insensato fue el pie izquierdo. Lo siento, señores biólogos. —Miró con severidad a Eiji y a su equipo de colaboradores, que se habían situado a unos pasos detrás de él, como si temieran al comandante—. No me fío. ¿Por qué no seguís insistiendo en la superficie del planeta?

—Ya nos hemos dado por vencidos. Debemos capturar una muestra representativa de alienígenas, ubicarlos en un entorno controlado e ir jugando con las distintas variables ambientales hasta dar con la clave que nos permita dialogar con ellos.

—¿No daría lo mismo habilitar una lanzadera como laboratorio? Tendríais así vuestro dichoso *entorno controlado*, pero a una distancia segura de la *Kalevala*. Si alguna de esas criaturas se descontrolase, poco daño podría hacer. En el peor de los casos, destruiríamos la lanzadera de un misilazo, y punto.

—¡Sería una chapuza! —se enfadó Eiji—. Los laboratorios están aquí, en la nave.

Asdrúbal siguió negándose en redondo, pero Eiji se las ingenió para que su petición llegase a las altas instancias científicas, saltándose la cadena de mando. Llamó a su director de tesis, éste a un conocido en la Armada, que a su vez habló con alguien del Consejo Supremo... Finalmente, Asdrúbal recibió la orden de aceptar la sugerencia del biólogo, y obedeció sin rechistar. A partir de entonces, el trato entre ambos fue gélido.

—A nadie le gusta que lo puenteen —le comentó Nerea a Bob una mañana en la cantina—. El ambiente se ha enrarecido sin remedio entre biólogos y militares. Los propios ayudantes de Eiji, a sus espaldas, tratan de congraciarse con Asdrúbal, jurándole que ellos no tienen la culpa, que lo sienten muchísimo... Los tripulantes apreciamos al comandante. Es un buen hombre, capaz y justo. Yo, de Eiji, tendría cuidado en las próximas expediciones que me toque efectuar con el apoyo de la Armada.

—De todos modos, mujer, ¿no crees que Asdrúbal exagera un poco los peligros de estudiar los alienígenas en la *Kalevala*?

Nerea lo miró y esbozó una sonrisa.

—¿Has oído hablar de la ley de Murphy?

En total, capturaron cinco habitantes del Imperio Negro. Los raptores fueron robots camuflados, equipados con jaulas extensibles. Pillaron individuos aislados de aspecto diferente. Supusieron que se trataba de miembros de distintas castas.

Una vez a bordo de la *Kalevala*, los alienígenas fueron encerrados en cubículos separados para estudiar sus reacciones. Se limitaron a quedarse inmóviles, como estatuas. Ni siquiera se inmutaron cuando las sondas médicas les tomaron muestras de tejidos.

Eiji estaba perdiendo la paciencia con aquellos especímenes tan poco colaboradores.

—Si fuera paranoico, diría que se confabulan para amargarnos la vida...

El comandante se reservaba su opinión, mientras los tripulantes no podían resistirse a echar una ojeada a aquellos prisioneros tan singulares.

Además de la curiosidad humana, las criaturas soportaron impasibles los escáneres y demás perrerías médicas. Al menos, los científicos conocían ahora la distribución de sus órganos internos, pero el sistema nervioso parecía funcionar al ralentí, como si hubiese entrado en fase de latencia.

Puesto que los cinco alienígenas seguían sin moverse, Eiji decidió juntarlos, a ver si así se animaban a hacer algo.

Tuvo un éxito completo. Tardaron menos de una hora en fugarse.

En aquellos momentos de crisis, Asdrúbal mostró una considerable sangre fría. Por supuesto, en su fuero interno maldecía al biólogo jefe, pero se esforzó por aparentar aplomo. Sus hombres lo necesitaban. Ya vendría el tiempo de exigir responsabilidades y ajustar cuentas. Ahora había cinco entes potencialmente hostiles en la *Kalevala*, y era su deber neutralizar la amenaza.

—¡Procure no dañarlos! —le suplicó Eiji, aterrado.

Era consciente de la que le podía caer encima si alguien resultaba herido o algo peor, por no mencionar los comités de bioética ante los que tendría que justificarse si mataban a los alienígenas. Después de la movida política que había organizado para que los subieran a bordo... En caso de consejo de guerra, Asdrúbal tendría las espaldas cubiertas, y todos lo señalarían a él.

El comandante no estaba para bromas. Echó del puente al biólogo, no sin antes amonestarle públicamente.

—Mi prioridad es preservar la vida de las personas que hay en la nave. Hemos visto lo agresivos que son esos... engendros. Y por si no te has dado cuenta, Eiji, estamos en alerta roja. ¡A tu puesto, pero ya!

Como se supo más tarde, cuando reunieron a los cinco alienígenas no sucedió nada al principio. Estuvieron unos minutos sin moverse, pero de algún modo desconocido se comunicaron y planearon la huida. Luego, todo sucedió muy rápido. Uno de ellos segregó una mucosidad que resultó ser un explosivo orgánico. Otro, como una araña, fabricó por unos orificios del abdomen gran cantidad de finos hilos que fue entretejiendo hasta convertirlos en una especie de mecha. Pegaron el plástico a la puerta, encendieron la mecha y el invento explotó. Acto seguido salieron del laboratorio a toda prisa, cada uno por su lado.

Los biólogos que colaboraban con Eiji no tenían intención de convertirse en mártires de la Ciencia, y corrieron a esconderse como almas que llevara el diablo. Después de constatar lo que los alienígenas hacían en el planeta con los robots y sus congéneres, cualquiera se quedaba a intercambiar impresiones con ellos.

Los ejercicios rutinarios que Asdrúbal se empeñaba en cumplir a rajatabla mostraron ahora su utilidad. El personal no combatiente se encerró en los camarotes y otras localizaciones seguras, mientras los infantes de Marina, dentro de sus escafandras reglamentarias y armados hasta los dientes, se aprestaron a cazar y no ser cazados.

Los alienígenas corrieron distinta suerte. Dos de ellos, los *artificieros*, volvieron a juntarse tras deambular unos minutos por separado. Se metieron en un recinto estanco, y un técnico espabilado les cerró la puerta por control remoto. Repitieron entonces la voladura que tan buen resultado les dio en el laboratorio, pero en esta ocasión el explosivo abrió un boquete en el casco de la nave y salieron despedidos al vacío del espacio.

Quedaban tres. Dos de ellos, cada uno por su lado, intentaron atravesar sendas formaciones de infantes. Por mucho que Eiji estimase la integridad física de los alienígenas, el comandante había insinuado a sus hombres que se dejaran de chorradas y no arriesgaran el pellejo. Que tiraran a matar; él asumiría cualquier responsabilidad. Por desgracia, dentro de la *Kalevala* no podían usar armamento pesado. Así, portaban fusiles con cargas aturdidoras y explosivos de corto alcance, además de los venerables machetes cerámicos capaces de rajar el acero.

Los alienígenas carecían de escrúpulos y atacaron con su característica ferocidad. El blindaje de los trajes de vacío salvó a más de un infante de morir en el acto. Aquellos seres golpeaban, punzaban y desgarraban a una velocidad impensable. No pararon hasta que fueron literalmente reventados. Los lugares donde ocurrieron los combates quedaron hechos un asquito, y varios militares tuvieron que visitar la enfermería, con heridas y contusiones de pronóstico reservado.

El quinto alienígena poseía cierta cualidad camaleónica, y eso le permitió eludir las cámaras de vigilancia. Aprovechando el jaleo que organizaron sus congéneres, avanzó por los pasillos de la nave. Sin querer, se apoyó en la puerta de un camarote. El ocupante creyó que alguien lo llamaba e, imprudente él, abrió sin pensárselo.

Al instante, Bob se dio cuenta del error garrafal que había cometido. Intentó cerrar la puerta, pero el alienígena fue más rápido. De un empujón brutal envió al muchacho al fondo del camarote y se abalanzó sobre él. Por acto reflejo, Bob cerró los ojos. «Estoy muerto.» Sin embargo, el golpe fatal no llegó. En lugar de eso, oyó un estruendo tremendo y a continuación un ruido como de afilar cuchillos.

Bob se atrevió a mirar a su alrededor. Estaba solo en el cuarto, con la puerta abierta de par en par. Se asomó al pasillo, con el corazón que parecía querer salírsele por la boca, y pudo ser testigo de una pelea insólita. Nerea, sin escafandra, se enfrentaba al alienígena.

Ambos contrincantes se estudiaban, como depredadores antes de saltar sobre la presa. La mujer exhibía una herida que le cruzaba el torso en diagonal, desde un hombro hasta la cadera. La sangre manaba en abundancia, aunque eso parecía no afectarla. Su rostro estaba sereno, con expresión concentrada, calculadora.

El alienígena atacó. La vista a duras penas podía seguir los lances de la lucha. La criatura hacía gala de unos reflejos mucho más rápidos que los de un ser humano. Nerea también. Bob se dio cuenta de esto último, entre la fascinación y el horror, demasiado aturdido como para moverse. El alienígena golpeaba y tajaba, salpicando las paredes con la sangre de Nerea, pero ésta no desfallecía. La pugna terminó cuando la mujer logró atizarle a la criatura un puñetazo terrible, que rompió el exoesqueleto a la altura de la cabeza y dejó a aquel ser tumbado en el suelo, moviendo espasmódicamente las patas.

Lo que quedaba de Nerea se volvió hacia Bob. Jirones de carne y pellejo le colgaban como trapos rojos y chorreantes; una imagen que recordaba a la de un grabado antiguo de una vivisección. Pero bajo la piel y los músculos desgarrados no asomaban los huesos, sino una carcasa biometálica. A sus pies, la sangre y los fluidos internos del alienígena moribundo formaban unos charcos cada vez más amplios.

—Bueno, Bob —dijo con parsimonia, intentando sonar alegre—. Te habrás percatado de que Manfredo no es el androide de combate.

En el semblante del muchacho no había gratitud por haberle salvado la vida. Sólo se reflejaba el horror, como si un negro espanto se hubiera abatido sobre él.

Durante las jornadas siguientes, la *Kalevala* se dedicó a restañar sus heridas, aunque algunas iban a ser bastante difíciles de cerrar.

Los estropicios provocados por la fuga alienígena fueron reparados en poco tiempo. Los daños en mamparos y fuselaje se sellaron mediante placas de biometal capaces de cambiar de forma. Los heridos se recuperaban y, en general, la tripulación tenía mucho de qué charlar. Los infantes presumían de sus hazañas frente al enemigo, mientras que quienes habían pasado el trance temblando bajo el catre disertaban sobre las heroicidades que hubieran podido llevar a cabo de haberse presentado la ocasión.

En cuanto a Nerea, unas cuantas horas en el taller bastaron para colocarle las prótesis que el alienígena había hecho picadillo. Luego le tocó permanecer una temporada en la enfermería, para que la carne sintética agarrara y quedara como nueva. Sus amigos acudieron a visitarla y felicitarla por su valor. Todos, excepto quien más le importaba. Bob tan sólo se pasó una vez a agradecerle que le hubiera salvado, y se notaba que acudía por compromiso. No la miró ni una sola vez a los ojos, visiblemente incómodo y deseando largarse cuanto antes.

Nerea no pudo resistirse a comentárselo a Wanda.

—Tu sobrino es transparente como el cristal. Sé lo que pasa por su cerebro: «¿De verdad me he estado acostando con esto?» Joder, creía que a estas alturas no me afectaban ciertas actitudes, pero duele. —Hizo una pausa—. Mierda. Una tiene su corazoncito... Bueno, metafóricamente hablando.

Se notaba a la legua que Wanda también estaba enfadada.

—Te pido disculpas por la parte que me toca, niña. No sé a quién habrá salido el zagal, porque no es de recibo que te trate así. Se merece que le dé una buena colleja, a ver si así se le quita tanta tontería.

—No te molestes. —Nerea parecía abatida a la vez que amargada—. Nadie puede ir contra su propia naturaleza.

Wanda suspiró y meneó la cabeza. Se sentía avergonzada. Vaya una imagen que estaban dando de los colonos. Le fastidiaba que la xenofobia de su sobrino lastimara a una bellísima persona como Nerea. Desde luego, a ella le importaba un rábano si la piloto nació de mujer o fue diseñada en un laboratorio. Quizá se debiera a que era más vieja que Bob, y había viajado mucho.

Eiji no volvió a insistir en traer más alienígenas a bordo. Tras muchas consultas a la superioridad por vía cuántica, se acordó que la *Kalevala* prosiguiera con su viaje a lo largo de la Vía Rápida. Otra nave vendría a observar y estudiar VR-513, equipada con contenedores biológicos de máxima seguridad. Asdrúbal, aliviado al comprobar que todo parecía reconducirse por cauces lógicos, se dispuso a impartir la orden de marcha. Antes de que pudiera hacerlo, un microbiólogo le llamó la atención sobre un raro fenómeno.

—Se trata de la central nuclear del Imperio Negro, mi comandante. —Después de lo sucedido, Asdrúbal era tratado con gran respeto por el personal científico. Todos querían congraciarse con él y evitar posibles informes adversos que arruinaran sus currículos—. Los edificios se están desmoronando.

En efecto, las sondas enviadas a filmar la zona mostraron que las paredes y techos de aquellas construcciones se deshacían a ojos vista, como castillos de arena abandonados. Los alienígenas tampoco corrieron mejor suerte. En un momento dado parecían sanos. De repente se desplomaban, pataleaban un poco, morían y sus cuerpos se licuaban.

Unos robots tomaron muestras y las analizaron in situ.

—¿Recordáis aquel trozo de muro que los arqueólogos hallasteis en la turbera de Eos? —explicó un muy humilde Eiji—. Varias cepas de microorganismos hiperactivos se lo están comiendo *todo*. Quizás algo en la central nuclear o la contaminación atmosférica haya desbloqueado ciertos genes, y ya veis el resultado. —Miró a Asdrúbal con expresión suplicante—. Los microoganismos son seres muy simples, parecidos a las bacterias. Podríamos estudiarlos concienzudamente para determinar los mecanismos de expresión y regulación génica...

—¿Meter unos microbios capaces de consumir la carne, la piedra, el plástico y el metal en mi nave? ¿Es que los biólogos no aprenderéis nunca? —Asdrúbal echaba chispas—. ¡Ni hablar!

Esta vez, a Eiji no se le ocurrió saltarse al comandante para salirse con la suya. Sobre todo, cuando los microorganismos también se comieron a los robots que habían enviado al planeta.

Asdrúbal cambió de planes y decidió que la *Kalevala* aguardara a que llegara su relevo, la nave científica *Hespérides*. Mientras, los tripulantes fueron testigos del inicio de la agonía de la civilización. No había escapatoria. Aún no lo sabían, pero todos aquellos países enzarzados en cruentas guerras estaban condenados. Curiosamente, los microbios asesinos sólo eliminaban a unas pocas especies y a los edificios, pero dejaban intacto el resto.

—Si se me permite la observación —dijo Manfredo—, este comportamiento tan selectivo fue programado por los sembradores. A éstos parece desagradarles el surgimiento de seres tecnológicamente avanzados. Creo que implantaron en los genes de los microorganismos un ingenioso mecanismo de seguridad. Cuando la civilización llega a cierto nivel que altera las condiciones del medio, ese mecanismo se activa. Como sugirió en una ocasión nuestra excelente piloto —aprovechó para lanzar una mirada acusadora a Bob, que bajó la cabeza—, ningún jardinero desea que las malas hierbas le estropeen la cosecha.

Mientras, los microbios seguían incansables con su tarea de demolición. El personal de la central nuclear no tardó en caer, lo que implicó que el reactor se descontrolara y se produjera un mortífero escape radiactivo. Para pasmo de los científicos, unas bacterias se encargaron de asimilar el plutonio y otros elementos letales sin que éstos, en apariencia, las perjudicaran. Mediante una serie de pasos a lo largo de la cadena alimenticia, fueron a parar a los hongos del suelo, que se encargaron de sepultarlos donde no causaran daño. El Imperio Negro se colapsaba, pero la atmósfera estaba más limpia que nunca. Los países limítrofes aprovecharon para vengarse del enemigo, pero a ellos también empezó a visitarlos la muerte.

Cuando apareció la *Hespérides*, apenas quedaban alienígenas en el planeta. La invasión de microorganismos había seguido una progresión geométrica. Por un raro capricho del Destino, los humanos habían sido testigos de la eliminación de toda vida inteligente en un mundo. El proceso no duraba ni dos semanas. Una vez cumplido su papel, los microorganismos morían y sus restos eran reciclados por los hongos. También la vegetación se veía beneficiada por aquel súbito aporte de fertilizante. VR-513 se había convertido en un auténtico edén a los ojos del visitante ocasional.

Capítulo VI

EXILIADOS

La *Kalevala* volvía a surcar en solitario un territorio inexplorado. De hecho, estaba abriendo nuevas rutas en el hiperespacio hacia esa vasta zona desconocida, el corazón de la galaxia. Pero el camino era cada vez más traicionero. Los ordenadores cartógrafos trabajaban a destajo, y ocasionalmente se perdían varias de las naves robots que enviaban de avanzadilla. Tuvieron la mala suerte de emerger al espacio normal demasiado cerca de una estrella, o dentro de ella.

Las biosferas de los mundos habitados que hallaban a su paso eran cada vez más jóvenes. A pesar de eso, la vida estaba ya perfectamente establecida. El proceso de siembra debía de ser muy rápido, además de eficiente.

En VR-638 hallaron de nuevo criaturas inteligentes. Tras la infausta experiencia de VR-513, se procedió con extremo cuidado. Sin embargo, los alienígenas, pese a compartir idénticos genes, no podían ser más diferentes. Aquí, en un planeta de mayor gravedad, las formas no eran angulosas, sino rechonchas, de gruesas patas. Tampoco manifestaban espíritu belicoso. Los pueblos sugerían una estampa bucólica. Había intercambios comerciales entre las distintas regiones, y las únicas trazas que sugerían conflictos eran las fortificaciones en torno a algunas aldeas situadas en los bosques. Pronto averiguaron que servían para defenderse de los ataques ocasionales de animales feroces, unos depredadores que recordaban a los despanzurradores de Eos, aunque en versión carro blindado.

Esta vez nadie habló de subir alienígenas a bordo. Ni siquiera se intentó establecer contacto. Eso se lo dejarían a los expertos que acudirían en naves especializadas, como la *Hespérides*. La *Kalevala* se limitaría a recopilar datos básicos que sirvieran a otros para establecer líneas de investigación.

Los planes de la expedición se iban modificando sobre la marcha. Después del fiasco de VR-513, el Alto Mando de la Armada decidió seguir más de cerca los progresos de la expedición y *sugerir* al comandante cómo actuar. Los mensajes cuánticos cifrados se cruzaban con frecuencia entre los brazos de Orión y Centauro. La nueva situación no incomodaba a Asdrúbal, mientras las nuevas directrices tuvieran fundamento. En caso de recibir alguna orden disparatada... Bien, siempre podría aducir que el mensaje se había perdido en algún pliegue espaciotemporal.

De momento, antes de reemprender la marcha debían esperar algunos días a que un carguero les trajera repuestos y vehículos de apoyo para reemplazar los perdidos. Así, los científicos dispusieron de algún tiempo para observar la tranquila civilización de VR-638. Procuraron que los robots exploradores no se tropezaran con los nativos. El desastroso final de VR-513 había hecho cambiar muchas actitudes. Ahora no querían interferir en el devenir de aquellos artrópodos bondadosos. Existía la posibilidad de que el hallazgo de un artefacto ajeno a su mundo provocara que algo se disparara en su peculiar genoma y... Nadie iba a correr el riesgo de condenarlos a muerte. Al menos, ahora sabían que no todas las civilizaciones alienígenas surgidas en la Vía Rápida eran agresivas por naturaleza. Eso hizo que el humor general mejorara.

Bob meditaba sobre todo esto mientras vagaba por los pasillos de la *Kalevala.* Trataba de centrar la mente en temas científicos, porque bastante mal se sentía. En la nave estaba más solo que la una; hasta el gato del furriel parecía darle de lado. Lo consideraban poco menos que un cabrón por cómo trataba a Nerea. Era consciente de ello, pero no podía evitarlo. Resultaba superior a sus fuerzas. Rehuía a la piloto por todos los medios. Cuando se cruzaba con ella avivaba el paso y ni la saludaba. Ella le pagaba con la misma moneda.

Bob trataba de justificarse, de quitarse de encima el complejo de culpabilidad que lo atormentaba. Se decía que la responsable era ella, por no haberle avisado de su condición de máquina. Él no se consideraba racista, por descontado, pero lo que habían hecho en la cama era antinatural. A pesar de estas razones, incluso su propia tía le ponía cara de jueza cuando se encontraban. Deseaba más que nada en el universo que el viaje concluyera; entonces regresaría a Eos y se relacionaría con gente normal.

En su deambular, fue a parar junto a la puerta abierta de la sala de hologramas. Manfredo la tenía reservada para extrapolar los diversos tipos de ruinas y construcciones alienígenas que habían visto hasta la fecha. En verdad, el recinto se asemejaba a un museo arqueológico de última generación. Algo impulsó a Bob a entrar. Quizá fuera la necesidad de compañía humana. Aquel sabio era siempre cortés; no se rebajaría a ignorarlo o menospreciarlo.

En efecto, Manfredo, al notar su llegada, lo saludó con una formal inclinación de cabeza.

—Buenos días, señor Hull. Puede usted consultar todo cuanto desee. Si puedo ilustrarle sobre cualquier tema, no tiene más que pedírmelo.

Bob se lo agradeció y empezó a formular preguntas sobre las sociedades alienígenas. Manfredo le respondía con el talante de un maestro amable, y la charla se fue animando hasta que salió lo del colapso de VR-513.

—Estos seres parecen de lo más pacífico. Quizás aquí no ocurra lo mismo —aventuró Bob.

Manfredo meneó la cabeza, apesadumbrado.

—Soy pesimista. Si los sembradores actúan como nos tememos, llegará un momento en que la civilización, por muy armoniosa que sea, disparará el mecanismo de control. O de exterminio, mejor dicho. Nada debe interferir en la cosecha. Lo que me maravilla es que en VR-218, según parece, los alienígenas de las colmenas aguantaran hasta el final.

—Tal vez los científicos de la *Hespérides* den con la clave del mecanismo bioquímico que convierte a los microorganismos en unos destructores. —El muchacho se fue entusiasmando conforme iba hablando—. Así, podremos evitar que corran la misma suerte. ¡Les ganaremos la partida a los sembradores!

Manfredo contempló al joven con severidad.

—Me complace que se muestre tan solidario con unos alienígenas, señor Hull. Lástima que tan loable comportamiento no se haga extensivo a los androides de combate. O *ginoide*, en este caso, hablando con propiedad.

El tono del reproche no admitía réplica. Había sido expresado sin acritud, pero allí, a solas en la sala de hologramas, desarmó a Bob. Éste se sintió más avergonzado que nunca antes en su vida. Lo que menos podía esperar era que un profesor benévolo, al que respetaba, de repente se mostrara decepcionado. No supo qué decirle. Mantuvieron un silencio incomodísimo, pero el arqueólogo no dejó de mirarlo fijamente. Al muchacho le apetecía salir corriendo, pero aún le quedaba la suficiente dignidad para no actuar como un crío asustado. Al final, sólo acertó a decir, con voz débil:

—¿Sabe? —Ya no se atrevía a tutearlo—. Creí que el androide era usted...

Manfredo se permitió esbozar una leve sonrisa. Con un gesto del brazo apagó los hologramas. La sala quedó sumida en una suave penumbra.

—Quizá nuestra común amiga sea más humana que yo, señor Hull.

Un escalofrío recorrió el espinazo de Bob.

—¿Qué quiere decir? —preguntó, vacilante.

—Supongo que usted, al inferir que yo era el androide, habrá efectuado pesquisas sobre mi pasado. Así, sabrá que mi vida ha sido longeva; algunos pensarán que demasiado. En mi juventud me aterraba la idea de la muerte, aunque no tanto como la degeneración mental. Odiaba convertirme en un viejo desahuciado y acabar mis días en un asilo, haciendo poco más que la fotosíntesis cuando me sacaran a tomar el sol en la terraza. Decidí someterme a un tratamiento experimental para ralentizar el deterioro cerebral. Me fueron reemplazando progresivamente grupos de neuronas por otras sintéticas.

—¿Sintéticas? —Bob abrió mucho los ojos.

—Sí, una matriz cerámica con nanocomponentes electrónicos. Poco a poco, mi cerebro fue haciéndose más artificial, perdiendo su cualidad orgánica, hasta que no quedó en él ni una sola neurona original. Sí, joven Hull, podría afirmarse que poseo un cerebro cerámico. Funciona bastante bien, lo reconozco, y no he padecido una sola migraña desde hace siglos, pero he pagado un precio. Las neuronas orgánicas pueden crear nuevas conexiones entre ellas con facilidad. Las mías, no. Por supuesto, he aprendido a vivir con ello. Soy capaz de aprender y recordar cosas nuevas, pero, como habrá comprobado, mi comportamiento resulta un tanto... estereotipado, rígido. Mi personalidad es incapaz de evolucionar. Menos mal que me crié en un entorno familiar conservador, donde primaban las buenas costumbres. —Se encogió de hombros—. Podría haber sido peor.

»En conclusión, señor Hull, soy muy distinto al resto de nuestros compañeros de fatigas. Ahora que lo sabe, ¿me retirará el saludo? ¿Cambia eso algo la relación existente entre nosotros? ¿Me convierte en un monstruo, en suma?

Igual que el cerebro de Manfredo, Bob se había quedado de piedra.

—No... no, por supuesto —logró balbucir.

—Aquí, quien más quien menos, ha pasado por algún laboratorio médico que lo ha modificado. En el fondo, la diferencia entre nuestra piloto y cualquier miembro de la expedición es una mera cuestión de grado. Usando términos anticuados de cierta lengua muerta, ¿qué importa más, el *hardware* o el *software*? Lo que nos convierte en humanos es la personalidad, no el aspecto físico. —Y ahora el tono de voz sí que se endureció—. Pero claro, usted se considera de raza pura, incontaminada. Pues permítame que le diga, como arqueólogo, que la gente con esa mentalidad al final sólo ha traído dolor a sus semejantes.

El pobre Bob no sabía dónde meterse. Había acudido junto al arqueólogo buscando calor humano, y le estaba cayendo encima una filípica de aúpa. Pero lo peor del caso era que si el individuo más educado de la nave pensaba eso de él, ¿qué cabría esperar del resto?

¿Y Nerea? ¿Qué sentiría ella? Era la primera vez que se lo planteaba de verdad desde la pelea con el alienígena. En lugar de compadecerse, se contempló a través de los ojos de Manfredo, y lo que vio le resultó insoportable. Abandonó la sala cabizbajo y en silencio.

El arqueólogo volvió a encender los hologramas, mientras suspiraba apesadumbrado. Entonces, otra figura surgió de entre las sombras.

—No la oí entrar, señora Hull. Lamento haber reprendido a su sobrino. Le pido disculpas por meterme en asuntos que no son de mi incumbencia.

—Lo tiene bien merecido, Manfredo. Creo que no se lo esperaba, y eso hará mella en él. En fin, a ver si así espabila.

—Le queda el trago más amargo: pedir perdón. El orgullo y los prejuicios pesan demasiado. —Miró el holograma de las colmenas de piedra de VR-218—. Qué paradójico... Estamos aquí, en el brazo galáctico de Centauro, buscando una civilización que destruye mundos sin pestañear, pero nos preocupamos por la inmadurez de un chico. Para los sembradores, todos los problemas que nos afligen son, sin duda, irrelevantes. Es bueno que nos sitúen en la perspectiva adecuada. Nada significamos para un universo vasto e indiferente.

Wanda también contemplaba el holograma. Su semblante se dulcificó.

—También hay que ocuparse de las cosas menudas, amigo mío. En el fondo, la vida se compone de ellas.

La convocatoria del comandante los sorprendió. Nadie sabía el motivo, y eso disparó las especulaciones. En la sala de reuniones todos charlaban animadamente, salvo Bob y Nerea, sentados en puntos diametralmente opuestos y separados por el resto del personal. Bob la miraba disimuladamente de vez en cuando, pero ella parecía una esfinge.

Se hizo el silencio cuando Asdrúbal entró en la habitación. Los demás lo contemplaron con interés, y fue directo al grano.

—¿Recordáis las ruinas de VR-218? Uno de los misterios que nos dejó aquel mundo fue el del destino de sus habitantes. ¿Lograron dominar el viaje espacial? ¿Pudieron huir algunos de ellos, o todos perecieron cuando llegó la hora de la cosecha? Creo que ya podemos contestar a esas preguntas. Os informo de que hallamos un motor MRL alienígena intacto.

La información cayó entre los reunidos como un bombazo. La primera reacción fue de silencio incrédulo. A continuación vinieron las exclamaciones y el parloteo incontrolado.

—¡Nadie nos lo dijo! —Eiji fue quien expresó en voz alta lo que los demás pensaban—. ¿Desde cuándo lo tenemos?

Asdrúbal pidió silencio con un gesto y la calma retornó a la sala.

—Fue pocos días después de que abandonásemos VR-218. La gente que dejamos allí exploró a conciencia la llanura donde estaban los presuntos silos de misiles. Mediante el análisis de ondas sísmicas cartografiamos el subsuelo y dimos con un recinto estanco. Estaba camuflado a la perfección y sellado. Tomamos todas las precauciones imaginables para entrar ahí sin provocar un estropicio o contaminarlo, y nos topamos con un auténtico tesoro. Ah, antes de que volváis a preguntármelo —añadió, al ver que Eiji y Marga abrían la boca—, fue considerado alto secreto militar. Sólo el ordenador principal de la nave y yo supimos la noticia, y recibimos órdenes muy estrictas de no contársela a nadie. A nadie —recalcó.

—Si ahora nos hablas de ello, deduzco que los militares habéis descubierto algo útil —dijo Wanda.

—En efecto. Sólo estoy autorizado a poneros al corriente de lo estrictamente esencial, por mucho que protestéis. —Lanzó una mirada de soslayo al biólogo, que a su vez soltó un bufido; a continuación se dirigió al arqueólogo—. Lo lamento, Manfredo, pero no había restos mortales de los nativos. Sólo quedaba un vehículo a medio ensamblar. No se trataba de un misil, sino de una astronave. Al menos, le habían instalado los motores y el sistema de guiado. Y sabemos cómo funcionaba.

¿Había una nota triunfal en la voz del comandante? Wanda juraría que sí. De todos modos, algo le resultaba difícil de creer.

—A ver si me aclaro —intervino—. ¿Afirmas que en los pocos meses que llevamos dando tumbos en la *Kalevala*, vuestros sabelotodos han descifrado los secretos de una tecnología alienígena? ¿Qué sois, magos?

—Nada de eso. —Asdrúbal sonrió—. Simplemente, se trata de la experiencia acumulada durante milenios y una ingente cantidad de expertos trabajando en equipo, tanto humanos como ordenadores biocuánticos. Además, tampoco hay tantas maneras distintas de resolver el mismo problema; en este caso, viajar más rápido que la luz. A lo largo de la Historia hemos inventado varios tipos de motor MRL, desde los mamotretos que los colonos robasteis a los imperiales hasta los más recientes, capaces de equipar una pequeña sonda robot. También hemos podido analizar, por las buenas o por las malas, unos cuantos modelos de otras culturas alienígenas, lo cual nos facilita la comprensión de artilugios exóticos.

»La tecnología MRL de los habitantes de VR-218 es muy sencilla, comparada con la nuestra. Podríamos calificarla incluso como tosca, aunque funciona. Disponían de ordenadores que se regían por un código binario. Para nuestras inteligencias artificiales fue un juego de niños descifrarlo.

—¿Y bien? No te hagas el interesante, Asdrúbal. Desembucha —le urgió Wanda.

—Creemos que los acontecimientos se precipitaron para esos desgraciados. No tuvieron tiempo de explorar los sistemas solares vecinos. Desconocemos cuántas de sus astronaves zarparon, pero si las demás funcionaban como la que descubrimos... Nuestros expertos están convencidos de que se arriesgaron a saltar a ciegas, huyendo de la catástrofe. Los mejores ordenadores cartógrafos de la Armada han reconstruido la geometría del hiperespacio en aquella época. Parece ser que se dio una rara distribución de las ondas de presión en el brazo de Centauro justo entonces. Si nuestras suposiciones son ciertas, fueron a parar a VR-666.

—Un número muy peculiar, por cierto —señaló Manfredo. Hasta los colonos conocían sus connotaciones, pese a que las religiones que engendraron diablos habían desaparecido hacía milenios.

—Las casualidades existen. —Ásdrúbal no le otorgó mayor importancia—. Adivinad hacia dónde nos dirigimos.

—Vaya —dijo Marga—. Si nuestro comandante está en lo cierto, estos alienígenas serán los únicos que hayan sobrevivido al fin de su mundo. Eso quiere decir que se las ingeniaron para eludir los mecanismos de control de los sembradores. ¿Cómo lo lograrían?

—Y ¿qué aspecto tendrán? —Eiji se puso a divagar—. Con la evolución tan peculiar y acelerada de estas criaturas, vaya usted a saber. ¿Agresivos o sociables? El azar rige el proceso evolutivo.

—Que me lo digan a mí —intervino de repente Nerea, mirando con fijeza a Bob—. Por lo visto, hay quien me considera el culmen de la evolución del piloto automático. Sí, ese simpático dispositivo que nació en los albores de la aviación...

Todos callaron, aunque más de uno pensó: «Caray, eso es disparar con bala, y no de fogueo.» Bob, además de desear que la tierra se lo tragase, nunca se había sentido tan rechazado. Ya ni siquiera su tía le hablaba por el transmisor privado. En ese momento tocó fondo, pero su orgullo de colono se manifestó al fin. Se levantó de la silla y con un ímprobo esfuerzo sostuvo la mirada de Nerea. Respiró hondo.

—Lo siento, Nerea. Me he portado como un imbécil, y lo reconozco públicamente. Te pido perdón, aunque sé que no tengo excusa.

Todos miraron al joven, estupefactos. El semblante de la piloto permaneció impasible durante unos segundos.

—Comprenderás que tu sinceridad me parece tan poco fiable como la capacidad de Eiji para mantener cautivo a un alienígena —dijo, con amargura en la voz.

—Eh, a mí no me metáis en vuestras peleas de enamorados —protestó el biólogo.

—Enamorados, tus muertos más frescos —replicó Nerea, con cara de pocos amigos.

El comandante tuvo que poner orden en la sala. Cuando los ánimos se calmaron, Wanda se llevó la mano al bolsillo y le entregó a Marga unos vales para la cantina.

—Tú ganas la apuesta —le dijo—. Parece que conoces a mi sobrino mejor que yo.

—¿Ves? —replicó la geóloga, triunfante—. Ya te avisé de que se disculparía antes de un mes. En el fondo, no es tan malo.

Aquello tuvo la virtud de desdramatizar la situación. A Nerea se la notaba un poco menos tensa.

—Humanos... —murmuró. De todas formas, no la oyeron perdonar a Bob.

Las precauciones se extremaron antes de saltar a VR-666. Las naves robot enviadas previamente dieron con la ruta más segura, y retransmitieron las primeras imágenes. El pesimismo empezó a cundir entre los expedicionarios.

VR-666 carecía de planetas aptos para la vida. En apariencia, fue uno de los sistemas solares descartados por los sembradores. No había mundos rocosos; sólo gigantes de gas y densos campos de asteroides. Descubrieron grandes planetas helados en la periferia, pero en ellos la temperatura apenas superaba el cero absoluto. Muchos pensaron que quizá los ordenadores de la Armada se habían equivocado al calcular el posible destino de los alienígenas huidos. Allí no había nada que indicara su presencia. Asdrúbal parecía más taciturno que de costumbre. ¿Se tomaba aquel error como un fracaso personal? Por si acaso, se empeñó en explorar a fondo hasta el último planeta.

Y obtuvo su recompensa.

Estaba donde uno menos podía imaginárselo: en un mundo situado a seis mil millones de kilómetros del sol amarillo, el cual, de tan lejano, era poco más que otra estrella. Aquel cuerpo celestre parecía el típico representante escapado de la nube cometaria, aunque no se trataba de un planeta enano, sino de una esfera lisa algo mayor que Marte. Carecía de satélites, y una parte muy localizada de su superficie parecía haber padecido un bombardeo devastador.

La *Kalevala*, como una sombra imprecisa, orbitaba en torno a aquella bola de hielo. No se detectaba rastro de vida ni de actividad tecnológica. Tampoco descubrieron naves espaciales. Pero ahí estaban las pruebas de que algo insólito había sucedido. La superficie del planeta aparecía sembrada de cráteres de impacto geológicamente recientes cerca de uno de los polos. Además, la zona estaba saturada de radiación. Habían empleado nucleares, y no precisamente ojivas tácticas, sino armamento pesado. Muy pesado.

—Hubo detonaciones superficiales, que lo cubrieron todo de ceniza radiactiva, mientras que en otros casos las cabezas nucleares rompedoras de búnkeres han penetrado en el subsuelo —explicó Asdrúbal a un auditorio sobrecogido—. Quizá los agresores metieron las armas en pequeños asteroides y los arrojaron contra el planeta. Pero ¿qué tipo de búnker necesita una ojiva de gigatones para ser destruido?

—Parece que los alienígenas de VR-218 pertenecían a la variedad agresiva —dijo alguien.

—O quizá los sembradores los persiguieron y los hallaron. Confiemos en que no se quedaran por aquí. —Nerea sonó lapidaria, y más de uno se estremeció.

Capítulo VII

MÁRTIRES

Si los cálculos de arqueólogos y geólogos no erraban, la presunta batalla tuvo lugar milenios atrás, pero Asdrúbal no se fiaba. Los sembradores parecían concienzudos. Quizás hubieran dejado sobre el terreno trampas cazabobos o dispositivos de alerta. Lo que menos le apetecía era llamar la atención de unos seres que poseían atributos casi divinos. Unos dioses despiadados, por añadidura. No obstante, tenían que arriesgarse. Cabía la posibilidad de que los alienígenas se hubieran refugiado en el subsuelo. Para averiguarlo se requería, además de diversos rastreadores y escáneres en órbita, detonar cargas explosivas para analizar las ondas sísmicas. Con mucha suerte, darían con alguna caverna o construcción subterránea. Y cruzarían los dedos para no despertar a la Bestia.

Tuvieron mucha suerte.

Se asemejaba a un laberinto, al estilo de la colmena granítica de VR-218. Habían horadado a través de aquella mezcla de hielos de agua, nitrógeno, metano y dióxido de carbono una auténtica filigrana de galerías y cavidades. Buena parte de ella había sido demolida por el impacto de un monstruoso misil antibúnker, y el acceso resultaba impracticable. Una capa de varios kilómetros de escombros bloqueaba la entrada. Por fortuna, los alienígenas cavaron aún más hondo.

Seguía sin detectarse señal de vida ni actividad alguna. Manfredo propuso que el planeta fuera denominado Leteo, en honor al río del Averno donde los difuntos iban a beber para olvidar el pasado. En verdad, todo en aquel lugar gélido evocaba la quietud de la muerte, cuando la última estrella del universo se consumiera. Pero en la *Kalevala* el personal no podía dedicarse a la contemplación ociosa. Había que entrar en un lugar que se hallaba a tres kilómetros de profundidad, y donde la temperatura no pasaba de 10 °K. A saber qué iban a encontrar allí.

Robots y humanos tuvieron que trabajar en equipo. El hielo era vaporizado por los cañones térmicos y expulsado fuera del amplio túnel que se estaba abriendo. Aunque la actividad sísmica de Leteo era nula, las paredes se revistieron de una capa microcristalina de alta resistencia que evitaba posibles derrumbes. Al suelo se le dio una textura rugosa, para prevenir los patinazos y deslizamientos.

El túnel avanzaba con lentitud; apenas unos cientos de metros por día estándar. La tensión crecía conforme se acercaban al punto elegido: un nodo donde confluían varios corredores sinuosos. Cuando sólo quedaban unos metros, el trabajo se detuvo. Se aplicaron diversos sensores a la pared, para detectar cambios de presión, ruidos o cualquier actividad al otro lado. Nada. Una tumba habría estado más animada.

Unas sondas poco mayores que abejas perforaron el hielo con ayuda de diminutas brocas. Los microtúneles eran sellados a sus espaldas conforme avanzaban. Nada debía salir al exterior, de momento. Asimismo, las sondas habían sido esterilizadas a conciencia, para evitar contaminaciones. Por fin entraron en el pasillo, y datos e imágenes llegaron a la *Kalevala*. Más que imágenes, oscuridad total. Ni un mísero sonido. La temperatura era idéntica a la del hielo circundante. Vacío, sin atmósfera. Ausencia de restos de materia orgánica. Así podían resumirse los informes de los primeros metros explorados.

Otras sondas mayores siguieron a sus primas enanas. Llevaban focos de distintas longitudes de onda, y más dispositivos de medición. Unas marchaban sobre ruedas mientras que otras levitaban gracias a sus repulsores agrav. Por fin, desde el puente de mando de la *Kalevala* pudo verse el interior del complejo alienígena. De momento, sólo se trataba de un pasillo de sección cuadrada, con paredes irregulares. Las sondas fueron en busca de zonas de mayor interés. Según los mapas 3D elaborados previamente, cerca había un domo hemisférico de unos sesenta metros de diámetro. Al final del corredor, de momento, sólo se intuía un hueco oscuro como boca de lobo. Las sondas se detuvieron en el umbral y un técnico amante del teatro exclamó: «¡Hágase la luz!» Los focos alumbraron a toda potencia, desvelando por fin lo desconocido a los ansiosos espectadores.

—Joder... ¿Qué pasó aquí? —fue lo que más se oyó en esos primeros momentos.

—No les bastó con el bombardeo masivo —dijo Asdrúbal, entornando los ojos—. Tomaron el complejo al asalto y, a juzgar por las huellas, hubo resistencia. Aquí se peleó por cada palmo de terreno, creedme.

Nadie lo puso en duda. Aquello tenía toda la pinta de haber sido el escenario de una batalla campal. Las paredes estaban cuajadas de cicatrices oscuras. El hielo había recibido impactos de proyectiles de diverso calibre, pero también de lo que parecían armas energéticas, al estilo de los fusiles de plasma: líneas rectas y agujeros cuyos bordes se habían licuado y fluido antes de volver a congelarse.

Y había cadáveres. Multitud. Se trataba de seres que seguían el patrón corporal artrópodo. Vestían escafandras que les otorgaban un aspecto inquietante, como una mezcla contra natura de escarabajo y simio. Eso, los que estaban enteros. Los demás parecían haber pasado por una trituradora. Las sondas pasearon lentamente entre aquella escabechina, transmitiendo imágenes detalladas a las pantallas del puente de mando.

—Los restos se ajustan al esquema anatómico de la fauna nativa de los mundos de la Vía Rápida —comentó Eiji—. Probablemente se trata de los fugitivos de VR-218. Habría sido demasiado bonito dar con algún sembrador...

—¿Cómo sabes que no están ahí? —objetó Marga—. Los dioses suelen crear a sus siervos a su imagen y semejanza.

—Igual que los humanos creasteis a los androides de combate —apostilló Nerea, en tono cansino.

—Rencorosa, la niña, ¿eh? —le replicó Eiji, sarcástico.

—Yo ya pedí disculpas, que conste —protestó Bob.

Ajenos a aquel conato de trifulca, las sondas y los robots seguían deambulando a través de la devastación. Los ordenadores de a bordo analizaban las imágenes y calculaban las trayectorias y ángulos de los disparos. Así, pieza a pieza, se fue reconstruyendo el rompecabezas de aquel drama.

Según infirieron, el complejo fue primero tomado al asalto. Seguramente, el bombardeo vino después, para sellar la entrada bajo megatoneladas de hielo. Puesto que parte de los corredores y recintos se habían venido abajo, mucha información se perdió para siempre. No obstante, quedó meridianamente clara la progresión de las fuerzas asaltantes. Asdrúbal se lo explicó a los demás:

—Si los sembradores fueron los atacantes, emplearon armas diferentes a nuestros alienígenas. Estos últimos portaban fusiles que emitían haces caloríficos. Podéis verlos desperdigados por el suelo. A juzgar por su heterogeneidad, quizá tuvieron que echar mano a cualquier herramienta susceptible de convertirse en armamento defensivo. En cambio, los primeros usaron proyectiles explosivos de diverso calibre, a juzgar por el estropicio causado en los cuerpos. Si el ordenador es tan amable de resaltar en distintos colores las trayectorias de los disparos...

—A la orden, señor —respondió el aparato. En las pantallas se generaron innumerables flechitas rojas y verdes.

—Observad —prosiguió Asdrúbal—: no se distribuyen a

tontas y a locas. Los atacantes, en rojo, apuntaban en una misma dirección. Sugiere un avance constante, metódico, en plan apisonadora. Y ahora fijaos en las líneas verdes. Los defensores se iban replegando hacia los pasillos, estrechando el frente. Ordenaré a las sondas que sigan en la dirección del asalto.

Los pequeños vehículos avanzaron con prudencia, sorteando cadáveres desmembrados y eviscerados. Todos parecían de la misma especie. La naturaleza de los agresores seguía siendo un misterio.

—La resistencia tuvo que ser encarnizada —dijo Bob, admirado ante la magnitud de la carnicería—. Si tenían naves MRL, ¿por qué no escaparon otra vez, como nuestros antepasados? Siempre cabe la remota posibilidad de efectuar un salto afortunado, que te lleve a un rincón galáctico lejos de tus verdugos...

Nadie supo responder a eso. Mientras, las imágenes seguían llegando. Nada nuevo aportaban; sólo más destrucción, más muerte. Al final, los robots arribaron a una gran cámara. Había sido el último bastión de la defensa, según indicaban los rastros. Las sondas ingrávidas ascendieron para dar una visión de conjunto. Los robots sobre ruedas se encargaban de los primeros planos a ras de suelo.

—Miles y miles de ellos... —murmuró Marga, sobrecogida—. Los cadáveres parecen disponerse de forma concéntrica en torno a esa especie de tarima del fondo. ¿Qué es lo que hay sobre ella?

Las sondas se acercaron, y entonces Asdrúbal supo por qué los alienígenas no habían huido, sino que prefirieron quedarse a morir. Todo cobraba sentido. Imágenes de otros lugares acudieron a su mente. Cerró por un momento los ojos y tomó una decisión. Se dirigió al segundo de a bordo:

—Voy a bajar a Leteo con una escolta de infantes de Marina. —Miró a continuación a los científicos y a los colonos—. Si alguno desea acompañarnos, puede hacerlo.

Eiji, como los demás, se había quedado anonadado.

—Pero, comandante, ¿no era usted quien se empeñaba en respetar escrupulosamente los protocolos de seguridad? ¿A qué viene lo de meterse ahora ahí? —le preguntó, suspicaz—. Los robots pueden ocuparse de la recogida de muestras...

—Lo que yo deseo hacer no puede ser delegado en un robot —respondió Asdrúbal, y se retiró del puente de mando.

Bob caminaba en silencio junto a sus compañeros por aquel laberíntico cementerio. La verdad, imponía lo suyo, y aquellos trajes espaciales tan finos tampoco ayudaban a tranquilizarlo. Los cadáveres yacían en posturas a cuál más grotesca. Era curioso el efecto combinado del vacío y una temperatura cercana al cero absoluto sobre los despojos. Los fragmentos que no estaban protegidos por sus escafandras blindadas se deshacían sólo con mirarlos.

Grotescos, sí, pero nadie bromeó al respecto. Como mucho, se formuló algún comentario ocasional conforme avanzaban hacia la gran cámara donde aquel drama había concluido. Y allí estaban, por fin. Mientras se acercaban al fondo del recinto, Asdrúbal habló:

—Los científicos no soléis fijaros en las mismas cosas que nosotros, simples militares. Todos los alienígenas que están más o menos enteros presentan los orificios de entrada de los proyectiles en la parte frontal. A ninguno le pegaron un tiro por la espalda. Eso significa que nadie huyó. Plantaron cara a sus asesinos. Bob se preguntaba antes por la razón de que no escaparan. Tenían un poderoso motivo. Examinad con atención lo que hay en la tarima. Si nuestro biólogo jefe es tan amable de ilustrarnos al respecto... ¿Piensas lo mismo que yo?

Eiji subió a la tarima. Era una superficie amplia, de unos cien metros cuadrados, llena de cuerpos. Anduvo entre ellos, estudiándolos con atención.

—Comandante, ¿cómo quiere que sepa lo que pasa por su

cabeza? —rezongó—. En cuanto a estos seres, están bastante deteriorados.

—Les dispararon a bocajarro, me temo —dijo Asdrúbal. ¿Había cierta emoción en su voz?—. De arriba abajo, a juzgar por las marcas del suelo. Fue una ejecución masiva. Por desgracia, he visto algunas similares a lo largo de mi carrera, y aún sufro pesadillas. A diferencia de los otros alienígenas, éstos no podían defenderse. Adivina el porqué.

—Su forma es distinta. Las extremidades son más cortas, y el tamaño del cuerpo es menor. Eso podría indicar...

La luz se hizo en la mente de Bob. Las piezas encajaron. Él también lo entendió todo.

—Mierda. Se quedaron y murieron *para defender a sus crías*. Por algún motivo no pudieron llevárselas consigo y se negaron a abandonarlas.

No pudo continuar. Se le quebró la voz. Tenía un nudo en la garganta. Asdrúbal se acercó y le dio unos golpecitos cariñosos en el hombro.

—Por eso no pude quedarme en la *Kalevala*. Hay cosas que deben hacerse en persona, las que realmente importan —le dijo al muchacho, y éste asintió. A continuación, alzó la voz—. ¡Infantes de Marina! Mirad a vuestro alrededor.

Eiji soltó una réplica en tono jocoso:

—Yo sólo veo bichos muert...

—¡Cállate! —Nerea y Wanda lo cortaron en seco. Ellas también entendían de qué iba aquello, y se requería solemnidad. Mientras, Asdrúbal seguía con su arenga:

—Os elegí para esta misión porque habéis servido conmigo durante años. Nos enviaron a pacificar mundos con guerras tan sucias como las de Shuntra Rhau. Allí vimos lo que por miedo, venganza o avaricia podemos hacer con nuestros semejantes. Sobre todo, con los más débiles. Cómo olvidar lo de aquel hospital, ¿verdad?

Los infantes se removieron, inquietos. Alguno apretó con más fuerza el fusil de asalto.

—En cambio —Asdrúbal abarcó con un gesto del brazo todo el recinto—, estas criaturas dieron sus vidas por defender a quienes dependían de ellos. No abandonaron a los de su misma sangre. Ninguna vaciló o, si lo hizo, se tragó el miedo y afrontó la muerte con dignidad, de pie, encarando al enemigo. Sin recompensa; tan sólo una tumba fría en el culo del universo. Hasta hoy, nadie sabía de su acto heroico. Merecen un homenaje. Nos ocuparemos de que se les recuerde. ¡Infantes de Marina! ¡Presenten armas!

Hombres y mujeres cumplieron la orden al unísono, conmovidos, pese a tratarse de curtidas tropas de elite. Los civiles asimismo mantenían una actitud respetuosa. Eiji no se atrevía a moverse. Finalmente, Asdrúbal dijo:

—Hemos terminado. Podemos regresar.

El trayecto de vuelta a la *Kalevala* transcurrió en un silencio sepulcral, nunca mejor dicho.

Científicos y colonos se citaron en la sala de reuniones. Nerea también se unió al grupo. El comandante no apareció por allí. Eiji sacó una lata de cerveza fría del dispensador, la abrió y bebió un largo trago. Luego echó un vistazo a sus compañeros y se le escapó un gruñido de disgusto.

—¿Se puede saber qué diantre os pasa? ¿A qué vienen esas caras de funeral? —Nadie le respondió, y continuó con sus quejas—. Menuda pantomima. Resulta que nuestro aguerrido comandante está hecho un sensiblero...

—Oye, no te pases —le advirtió Nerea en tono amenazante.

—Es algo que debía hacerse —intervino Wanda—. Los alienígenas se sacrificaron por los suyos ante un enemigo que destruye planetas enteros. Ejecutaron a sus crías. En justicia, debíamos homenajearlos.

—¡Pero si llevan milenios fiambres! A ellos ya les da lo mismo. ¿Para eso hemos bajado al laberinto, arriesgándonos a activar alguna trampa?

—Los seres humanos no actuáis, perdón, actuamos con lógica —dijo Manfredo, mientras contemplaba pensativo su vaso de zumo—. La emotividad nos domina, y ciertos gestos son necesarios para que podamos mantener la autoestima. Muchas culturas tienen una máxima sagrada: quien obra y muere con honor merece ser recordado. Es una manera de conferir inmortalidad, quizá la mejor: la fama.

—¿Qué fama ni qué...?

—Comprendo que el concepto de honor le sea ajeno, señor Tanaka —lo cortó el arqueólogo—. Si no entendí mal, nuestro comandante y sus hombres intervinieron en las guerras civiles de Shuntra Rhau. En aquel mundo, la maldad humana alcanzó cotas difícilmente superables. Vecinos que habían convivido durante siglos se convirtieron, para las mujeres e hijos de los adversarios, en... Bueno, el adjetivo *despiadados* se queda corto. Cuando los militares llegaron para pacificar aquello, descubrieron que ya era tarde, aunque los cadáveres aún estaban recientes. No me extraña que acabaran amargados y frustrados. En Leteo, en cambio, unos seres de aspecto monstruoso se comportaron con decencia. Eso conmueve a cualquier persona que se rija por un código de honor, como es el caso de nuestro comandante.

—Estáis atribuyendo a unos alienígenas sentimientos y actitudes humanas. —Eiji se sulfuraba por momentos—. ¿Heroísmo? ¿Amor a las crías? Quizás actuaron mecánicamente, por puro instinto. El sacrificio por salvar a los inmaduros podría explicarse de forma mucho más simple. La genética del altruismo, desde que la Sociobiología estableció que...

—Las personas, salvo psicópatas e imbéciles —Wanda no le dejó terminar, muy seria—, nos caracterizamos por poseer empatía. Es la capacidad de ponernos en el pellejo de otros. O, en este caso, en el exoesqueleto. Yo he parido quince hijos, y los he criado junto a algún que otro sobrino. Y ¿sabes? Estaría dispuesta a matar y morir por ellos. Pero quizás, en el momento de la verdad, me asustaría y saldría corriendo, dejándolos tirados. Por eso me he sentido identificada con el sacrificio de esas criaturas. Me emocionó y me da igual que sea por instinto. No te pido que lo entiendas.

—En cuanto a mí... —Bob miró a Nerea—. Además de suscribir lo dicho por mi tía, pensé en los últimos momentos de las crías. Ahí, indefensas, esperando a que les pegaran un tiro, sin poder evitarlo. He pasado por lo mismo hace poco. A diferencia de esos pobres seres, yo tuve a alguien que me echó una mano.

—Sí; de vez en cuando se me antoja salvar a humanos inmaduros, xenófobos e ingratos. Un defecto de programación en mis circuitos, sin duda —replicó la piloto, con ironía pero sin ira.

—Yo también te quiero; gracias —le contestó Bob, con una sonrisa triste.

Discutieron largo rato, todos contra Eiji, sobre genes, altruismo, solidaridad, abnegación, símbolos y épica. Se sacaron muchos temas a colación, desde la gesta de las Termópilas hasta la arcaica y desacreditada teoría del gen egoísta. Nadie convenció al oponente con sus argumentos, pero al menos se desfogaron.

Restaba peinar exhaustivamente el complejo, a ver qué más podían averiguar acerca de los fugitivos de VR-218 y de sus ejecutores. Puesto que allí todo estaba muerto y ultracongelado, Asdrúbal autorizó al personal civil y militar para que echara una mano a los robots exploradores. Había que revisar, en el menor tiempo posible, todos los pasadizos y cavidades. Bien por sorteo aleatorio, bien por un retorcido capricho del comandante, Nerea y Bob formaban pareja.

—Supongo que habrán pensado que el individuo más torpe necesita la supervisión de una ginoide de combate —dijo la piloto—. Como podrás suponer, yo no me ofrecí voluntaria de niñera.

—Espero que no sea necesario que me salves el culo otra vez —repuso Bob, mansamente. Al menos, ya no detectaba hostilidad en Nerea; sólo ganas de chinchar. Lo aceptó con resignación, como si se tratase de una expiación por sus ofensas. El drama de los alienígenas le había hecho replantearse muchas cosas; entre ellas, la diferencia entre lo pueril y lo verdaderamente importante.

Les asignaron una parte marginal del enclave, donde las señales de lucha eran mínimas. Aparentemente, todos los alienígenas habían caído defendiendo a sus pequeñuelos. Hallaron bastantes utensilios y mobiliario, aunque hechos cisco. Los asaltantes, tras masacrar al último resistente, se habían dedicado a destrozar cualquier objeto que encontraban. Luego, despresurizaron el complejo para que el vacío y el frío se enseñorearan del ambiente. Finalmente bombardearon la superficie, rematando la faena.

—Si anduviera por aquí Manfredo —comentó Nerea—, nos evocaría a los antiguos. Después de una guerra, cuando querían borrar la memoria del enemigo vencido, quemaban sus ciudades, mataban o esclavizaban a sus habitantes y echaban sal en los campos para que ni una mísera brizna de hierba creciera en ellos.

Quizá, pensó Bob, con el tiempo los arqueólogos deducirían cómo vivieron los alienígenas, para qué servían tantos utensilios rotos, cuáles fueron sus creencias, su visión de la vida. De momento, los exploradores sólo podían hacer cábalas, lamentarse por todo lo que se había perdido por culpa de aquella destrucción sistemática y entristecerse por la suerte de los derrotados.

—Cuánta saña —dijo Bob, al pasar junto a un aparato metálico reducido a un amasijo retorcido—. Ni que los sembradores actuaran por venganza... No queda nada entero.

Por eso, ambos se quedaron tan sorprendidos cuando, al entrar en un pequeño cuarto de techo bajo, se toparon con un cadáver ciertamente peculiar. Estaba solo y razonablemente intacto. A diferencia de los demás, daba la impresión de haberse tomado su tiempo para morir. Pudieron estudiar su cabeza a placer, ya que la criatura se había quitado el casco de la escafandra blindada y lo portaba en uno de sus brazos. El cuerpo yacía en decúbito supino, sin señales de violencia. Era lo único presente en una habitación carente de mobiliario.

Bob y Nerea se miraron un buen rato, perplejos. Finalmente, el muchacho comentó:

—No me digas que éste fue el único cobarde del grupo... A lo mejor se escondió y, cuando todo finalizó y se encontró solo, decidió suicidarse.

La piloto enarcó las cejas, no muy convencida, y observó con mayor detenimiento al alienígena. Por supuesto, ni se le ocurrió tocarlo.

—¿Cobarde? No; puede que se ocultara para salvar algo. ¿Y si quería dejar un mensaje a sus congéneres? O puestos ya a especular, a cualquier civilización que descubriera su tumba.

—¿No crees que desvarías un poco? ¿En qué te basas para suponer algo así?

Nerea señaló con el dedo a la escafandra; en concreto, al hueco que había dejado el casco.

—Echa un vistazo al cuerpo. A duras penas puede verse el pecho, pero ¿no te da la impresión de que hay algo raro sobre él?

Bob miró desde una distancia segura. Tenía la impresión absurda de que aquella criatura, por muy muerta que estuviese, le saltaría al cuello si se acercaba demasiado. En verdad, su rostro era una pesadilla, como un insecto de película de terror.

—A duras penas se distingue —murmuró—, pero... Parece una hoja de plástico con inscripciones.

—Inscripciones, sí —repitió Nerea, flemática.

Bob se percató al momento de lo que aquello implicaba.

—Ostras...

—Creo que la ocasión se merece un taco más recio, niño. ¿Te das cuenta?

—Manfredo va a dar saltos mortales cuando se entere —repuso el muchacho—. ¡Por fin podríamos tener información de primera mano sobre los sembradores!

—Avisémosle. No quiero perderme su reacción...

Pues fue bastante circunspecta, aunque Bob juraría que al arqueólogo le temblaban las piernas. Como muestra de lo conmovido que estaba, en cuanto regresaron triunfantes a la *Kalevala*, Manfredo los besó en la frente. Eso, para él, debía de ser una muestra de efusividad desmesurada. Y no era para menos: quizás habían dado con la llave del tesoro.

No se trataba de un documento al estilo de la piedra de Rosetta, que permitiera descifrar el idioma alienígena, sino de un plano del complejo. Aquellas criaturas, como los primates, eran eminentemente visuales. Resultó tarea fácil averiguar qué recintos se correspondían con los del plano. Varios de ellos aparecían resaltados con figuras geométricas y agrupaciones de puntos que recordaban vagamente al lenguaje Braille.

—Tiene que haber algo en esos sitios —dijo Manfredo, cuya aparente calma enmascaraba una honda excitación—. Busquemos exhaustivamente, por favor.

Así lo hicieron, y consiguieron un valioso botín. En suelos y paredes había compartimentos ocultos, extremadamente difíciles de detectar si no se sabía de antemano que estaban allí. Contenían unos cubos macizos de plástico translúcido, cuya textura y color recordaba al ámbar. Todos tenían el mismo tamaño: 146 milímetros de lado. Su función, en principio, no parecía obvia, pero en la *Kalevala* tardaron menos de un día en dilucidarla. El júbilo cundió en la nave, porque los cubos eran sistemas de almacenaje de información. Un Manfredo feliz que, pese a su seriedad habitual, parecía flotar entre nubes, cedió el protagonismo a los ordenadores criptógrafos. Teóricamente, la *Kalevala* era una nave de exploración, pero llevaba cerebros biocuánticos militares capaces de desentrañar los más retorcidos códigos del enemigo.

En este caso, los cubos no habían sido diseñados para ocultar, sino todo lo contrario. En el puente de mando, uno de los ordenadores que, por capricho, se apodaba Ulises, informó a los expectantes humanos:

—Estos cubos se componen de miles de laminillas cuadradas, amontonadas unas sobre otras y pegadas hasta formar un bloque. Para que ustedes lo entiendan, equivaldría a una pila de primitivos discos compactos. La información está grabada en forma de microscópicos puntos que alternan con espacios en blanco. Suponemos que los cubos eran leídos mediante algún tipo de dispositivo óptico.

»Cada cubo puede almacenar unos quinientos gigabytes de datos. Creemos que los distintos documentos están separados por una cadena concreta de puntos y espacios que se repite con mucha frecuencia. Aún no hemos descifrado el contenido; más que nada, por falta de patrón con el que comparar. No desesperamos, aunque la forma de procesar la información por parte de unos seres cuyos esquemas mentales seguramente nada tienen que ver con los humanos se nos escapa, de momento. Sin embargo, hay un cubo especial. En él, los *archivos* (discúlpenme por el empleo de tan arcaico término) poseen idéntica extensión. Si sumamos puntos y espacios, el resultado es siempre el producto de dos números primos.

—Eso sugiere un rectángulo —intervino Manfredo—, lo que podría implicar una imagen, una escena o una fotografía.

—Correcto —admitió Ulises—. El doctor Tanaka, tras examinar los cuerpos de los alienígenas, nos ha confirmado que, al igual que ustedes, son animales visuales.

—En efecto. —El biólogo tenía material de sobra para trabajar los últimos días, así que podía considerarse feliz—. Nos está resultando fácil determinar su fisiología y anatomía, ya que los esquemas corporales recuerdan a los de la fauna de los mundos de la Vía Rápida. Sus ojos son bastante sensibles, tanto a los detalles finos como al movimiento. La zona del sistema nervioso encargada de procesar imágenes está muy desarrollada. Eso sí, les aventajamos en algo. Sólo tienen un pigmento fotosensible, y un único tipo de células fotorreceptoras. Carecen, mejor dicho, carecían de visión en color.

—Eso concuerda con la información existente en los cubos —añadió Ulises—. Si consideramos que los puntos de los archivos se disponen en un rectángulo, y cada uno de ellos equivale a un píxel negro, mientras que los espacios son píxeles blancos, obtenemos imágenes. Es más: las que ocupan archivos contiguos son muy similares, como...

—... fotogramas de una película —concluyó Manfredo, con calma. En verdad, su autocontrol era admirable.

—Seguramente, otros archivos que acompañan a los fotogramas servirían a los dispositivos lectores para mejorar la calidad de imagen, añadir sonido, etcétera. Aún no lo sabemos. En nuestros análisis preliminares, el resultado que obtenemos equivale a una de las viejas películas mudas en blanco y negro de la época en que se inventó el cinematógrafo. Estimados humanos —Ulises sonó ahora algo histriónico—, me complace ofrecérsela en primicia.

Las luces del puente de mando se velaron y un rectángulo lechoso se materializó en el aire, como una pantalla fantasma.

—No sabemos si estamos proyectando la película al derecho o al revés —aclaró Ulises, mientras la pantalla comenzaba a titilar y luego se tornaba gris oscura, con algún destello ocasional—. Derecha e izquierda, arriba y abajo, podrían estar invertidos.

Por una esquina apareció una mancha circular. Al principio costó identificarla, pero pronto estuvo claro que se trataba de un planeta, presuntamente VR-218.

—También desconocemos la velocidad adecuada de proyección —continuó Ulises—. En los humanos es de 24 imágenes por segundo, pero el doctor Tanaka sólo puede conjeturar cuál corresponde a los alienígenas.

—Apostaría a que es bastante más rápida —dijo el biólogo—, aunque resulta imposible saber, a partir de los cadáv... *¿Qué demonios es eso?*

A cierta distancia del planeta, algo similar a una tenue nube blancuzca comenzó a formarse. En un primer momento parecía un defecto de la película, pero poco después empezó a adquirir corporeidad. Adoptó una forma ahusada, y en uno de sus extremos se abrió una compuerta inquietantemente similar a unas fauces.

—Me recuerda vagamente a un tiburón peregrino de la Vieja Tierra. —Los demás miraron a Eiji sin comprender—. Un gran pez que se alimenta de plancton. —Más miradas de perplejidad—. Como un serpetón de Antares, vamos —aclaró, y los demás asintieron, por fin.

La imagen no era nítida. Los espectadores, cautivados, no podían quitarle ojo. De la *boca* de aquella entidad parecían brotar objetos menores, de contornos imprecisos. El mismo *tiburón* cambiaba de forma lentamente, ora adelgazando, ora haciéndose más compacto.

Poco más se sacaba en claro de la filmación. La repitieron varias veces, ampliando la imagen, pero la definición no mejoraba.

—¿Qué tamaño tendrá eso? —se preguntó Marga.

—Es difícil determinarlo a partir de imágenes 2D —le respondió Ulises—. A juzgar por el ángulo de filmación y la posición del objeto respecto al planeta, tuvo que ser descomunal. Aunque a simple vista cuesta apreciarlo, un detallado análisis demuestra que la sombra del objeto se proyecta sobre VR-218.

Se hizo un silencio incrédulo en el puente. Costaba asimilar las palabras del ordenador.

—Las pistas que nos brinda la película podrían explicar ciertas anomalías gravitatorias que registramos en VR-218 —continuó Ulises—. Algo alteró la órbita del planeta en la época en que fue destruido. No nos habíamos planteado esa hipótesis por su improbabilidad —añadió, en tono de disculpa—, pero ahora... —Y dejó la frase en suspenso, de un modo muy humano.

—¿A qué nos enfrentamos? —dijo Wanda.

—Visto lo que organizaron en Leteo, a unos tipos muy metódicos, que odian dejar cabos sueltos —le respondió Nerea, y sus palabras sonaron lúgubres.

Bob se acercó a curiosear al laboratorio de Eiji. Para su sorpresa, Nerea también estaba allí. Se saludaron con leves inclinaciones de cabeza. Aunque la piloto no se mostrara muy cariñosa con él, poco a poco el trato se iba normalizando. El muchacho también volvía a llevarse mejor con los tripulantes. Éstos notaban que deseaba enmendarse y, caramba, tenía esa cara de buen chico de pueblo...

—Has venido a verlo, ¿a que sí? —preguntó a Nerea. Ella asintió.

—Manfredo y el comandante creen que Prometeo —un suboficial lo había apodado así, y el nombre hizo fortuna— se las apañó para esconder como pudo algunos cubos a la destrucción sistemática de los asaltantes. Luego trató de pasar desapercibido y, una vez que los vencedores abandonaron el campo de batalla, dejó un mensaje a la posteridad, custodiado por su propio cuerpo.

Sobre una camilla, y protegido por una vitrina hermética, yacía el cuerpo del alienígena. Por un acuerdo tácito, los biólogos no lo habían destrozado al practicarle la autopsia. Ahora descansaba medio cubierto por una sábana, como las momias de los antiguos faraones en el Museo de El Cairo. No fueron los únicos que se pasaron por allí. La gente venía a presentar sus respetos a Prometeo, como si se tratase del mausoleo de algún personaje famoso.

—Ojalá los ordenadores saquen algo en claro de los cubos. Qué son en realidad los sembradores, por ejemplo —dijo Bob, en voz baja.

—Puede que, con las prisas del momento, Prometeo arramblara con los primeros cubos que pilló, sin fijarse en el contenido. Quizá sólo almacenen información irrelevante —objetó Nerea, sin dejar de contemplar al cadáver.

—Me pregunto qué sería aquella cosa de la película. Algo que cambia de forma, con una masa capaz de influir sobre un planeta... —Bob se estremeció. Quizá, dentro de 75 años, eso se cerniría sobre los cielos de Eos, su hogar.

—Tengo la impresión de que más pronto que tarde nos toparemos con él, o ello. Llámalo una corazonada. —Nerea se volvió hacia Bob—. Aunque yo no tenga un auténtico corazón, ¿eh?

Hizo ademán de dar media vuelta e irse. Bob, en un impulso, la agarró del brazo. Ella se detuvo.

—Deja de mortificarte por mi culpa —le rogó—. Sé que mi reacción al verte... bueno, las tripas, te dolió. Dime qué puedo hacer para compensarte. Por favor.

—Suenas sincero —le contestó la piloto—. Realmente, ya se me ha pasado lo peor del cabreo. Ahora me dedico ocasionalmente a tocarte las pelotas y hacerte sentir miserable. —Le sonrió—. Sin rencor, ¿de acuerdo?

—Sin rencor, chica.

—Y en cuanto a compensarme... ¿Estarías dispuesto a acostarte de nuevo conmigo, a sabiendas de mi condición de ginoide?

La propuesta pilló a Bob por sorpresa. Dos imágenes se superpusieron en su mente: la de un monstruo metálico del cual colgaban pingajos de carne sintética chorreando sangre, y la de una mujer joven, atractiva y simpática, desnuda a su lado en la cama. La segunda prevaleció. En el fondo, ¿qué más daba el interior de una persona? Menudo imbécil había sido, se dijo, y cuán grosero. Sí, creía haber madurado en los últimos tiempos. Después de haber sido testigo del drama ocurrido en los helados corredores de VR-666, sus caprichos y manías le parecían infantiles. El viaje de la *Kalevala* le estaba sirviendo para conocerse mejor, para desprenderse de prejuicios, de lo superfluo.

—Por supuesto —le respondió.

Nerea lo estudió como quien examina un coche usado para determinar si lo que jura y perjura el vendedor se aproxima a la realidad, o bien le está tratando de endosar un pedazo de chatarra.

—Te lo has pensado demasiado, chaval. Todavía no lo tienes claro, y me cuesta olvidar tu expresión de horror cuando me viste *en paños menores*. En fin, no desesperes. Otra vez será.

Nerea se fue contoneando malévolamente las caderas, y dejó a Bob a solas con Prometeo, maldiciendo por lo bajo su triste estampa, a las mujeres y al resto del universo en general.

Capítulo VIII

SEMBRADORES

La grisura informe del hiperespacio acogía de nuevo a la *Kalevala*. Las sondas MRL llevaban muchos días sin hallar sistemas solares dignos de ser visitados. Los ordenadores criptógrafos proseguían, perseverantes, con el descifrado del contenido de los cubos. Como éste se resistía a ser desvelado, por vía cuántica se enviaron copias de los archivos alienígenas a los principales expertos en Lingüística de todo el Ekumen. Así, los secretos de aquella extraña cultura se fueron poniendo al descubierto.

Por desgracia, la información parecía fragmentaria y en gran medida incomprensible. Alguien sugirió que los alienígenas no guardaban sus pensamientos en soportes físicos de la misma manera que los humanos. Quizá la transmisión de conocimientos era primordialmente oral o genética, y sólo empleaban la escritura a modo de taquigrafía o de apoyo mnemotécnico. Salvo la película, nada más averiguaron acerca de los sembradores o el asalto a Leteo. No sabían el porqué de tan furibundo ataque. Tan sólo sacaron en claro una cosa: mejor sería extremar las precauciones. Si los alienígenas fueron exterminados porque atrajeron la atención de los sembradores, ¿qué ocurriría si la *Kalevala* o la actividad de los colonos en la Vía Rápida los alarmaba? ¿Se abatirían sobre los mundos humanos? ¿Cambiarían su modo de actuar?

Cada nueva respuesta que obtenían en aquel viaje de descubrimiento traía consigo un interrogante esencial. Resultaba frustrante.

Tiempo atrás, Marga había indicado que las biosferas de los mundos de la Vía Rápida eran más jóvenes cuanto más se acercaban al centro galáctico. También calculó que, de seguir la misma pauta, entre VR-1000 y VR-1100 hallarían mundos recién sembrados.

—Ojalá nos digan algo nuevo acerca de sus creadores —rogó la geóloga a nadie en particular.

En efecto, las formas de vida eran cada vez más simples. No obstante, los ecosistemas, gracias a la portentosa rapidez de las especies alienígenas para reaccionar frente a los cambios ambientales, alcanzaban gran complejidad en breve tiempo.

La situación cambió cuando llegaron a VR-1047. Aquel mundo había sido terraformado hacía bien poco, y se notaba. La diversidad de la vida podía equipararse a la de la Vieja Tierra mil millones de años en el pasado, antes del surgimiento de animales pluricelulares que presagió la gran explosión del Cámbrico. En tierra firme no se veían bosques, praderas ni criaturas insectoides correteando entre las plantas. Tan sólo un tapiz de algas verdeaba en los lugares más húmedos. En el seno de las aguas, los hongos y los organismos unicelulares se encargaban de cerrar las cadenas tróficas. Pese a su simplicidad, las comunidades de algas fotosintetizaban a toda marcha. El hierro de las rocas superficiales ya se había oxidado, y el nivel de oxígeno atmosférico aumentaba a buen ritmo.

—En cuanto la composición de gases en el aire permita la aparición de animales rápidos y activos —pronosticó Eiji—, los vegetales se verán sometidos a una infernal presión evolutiva. Los ecosistemas se tornarán más complicados, y la velocidad de cambio se disparará.

Asdrúbal decidió que no pasarían demasiado tiempo en

VR-1047. Robots y sondas estudiarían y analizarían in situ aquella biota simplificada. Prefería evitar traer a bordo especies vivas potencialmente letales. Aún conservaba fresco en la memoria el exterminio de la belicosa civilización de VR-513 por aquellos voraces microorganismos. Tan sólo había autorizado que las autopsias de Prometeo y sus congéneres se realizaran en la *Kalevala* cuando le garantizaron que estaban más que muertos y sin gérmenes contaminantes. Pese a todo, los biólogos trabajaron siguiendo los protocolos de nivel 5 de bioseguridad.

El veterano militar se preguntó una vez más por qué en Leteo los sembradores habían asaltado el complejo a la antigua usanza, descerrajando tiros a diestro y siniestro, en vez de introducir algún microbio asesino. Otro misterio que probablemente nunca se resolvería... Al menos, ningún peligro parecía acechar en un mundo tan tranquilo como VR-1047, pero seguía sin fiarse. Hacía bien.

Pese a la simplicidad de sus ecosistemas, el planeta ofrecía estampas de singular belleza. El goce estético estaba asegurado durante los espectaculares crepúsculos. A Bob le habían concedido permiso para bajar al campamento base, junto a una laguna rodeada de colinas y cerros poco elevados. Al fondo se alzaba una gran cordillera nevada. Cuando no soplaba el viento, las cimas de roca se reflejaban en las aguas, lisas como un espejo. Ahora, a punto de caer la noche, los dos soles, uno azul y otro anaranjado, creaban un sugerente juego de luces y sombras. Súbitamente se levantó un poco de brisa, y el reflejo de los astros en la laguna rieló como una cota de malla.

Le habría gustado sentir el roce del aire en el rostro, pero el comandante se mostraba inflexible en la obligatoriedad de usar escafandras. No importaba que la atmósfera fuera respirable y estuviera libre de microbios peligrosos o toxinas. Si de Asdrúbal dependiera, todos se quedarían en la *Kalevala*. No obstante, comprendía la necesidad psicológica de muchos tripulantes de bajar a estirar las piernas, siempre que cumplieran las normas a rajatabla. Hasta Nerea debía llevar el traje reglamentario, pese a no necesitarlo, y someterse al mismo proceso de descontaminación que los demás cuando subía a la nave.

Bob atravesaba una fase introspectiva. Le apetecía caminar en solitario y pensar sobre el pasado y el futuro. Era incluso relajante. En VR-1047, lo más peligroso que podía sucederle a uno era patinar en las piedras de la orilla del agua, cubiertas de ova azulada.

Sus profundas cábalas quedaron interrumpidas al percatarse de la presencia de una figura sentada sobre un contenedor. Miraba fijamente a la otra orilla de la laguna. Su pose recordaba a la del Pensador de Rodin, aunque la delgada escafandra dejaba claro su sexo. Reconoció la insignia en el casco y el brazo izquierdo. Fue a conectar el intercomunicador para no sobresaltarla, pero Nerea se le anticipó. Su voz sonó alta y clara en el casco:

—Te he oído llegar. Los primates sois patosos a la hora de moveros.

—Tú, siempre tan romántica —le respondió en tono de broma—. ¿Qué, admirando la puesta de soles?

—Ese pedrusco no estaba ahí ayer.

Últimamente, Nerea tenía la virtud de descolocar a Bob. Las neuronas del joven tardaron unos instantes en reaccionar.

—¿Qué? ¡Yo hablando de bellos paisajes y tú me sales con pedruscos! —exclamó indignado.

Nerea siguió observando atentamente el otro lado de la laguna.

—Me diseñaron con memoria fotográfica. Te aseguro que al pie de ese cerro hay una roca que ayer no estaba. Aquí no existen animales grandes que puedan moverlas, así que...

Bob seguía sin apreciar la diferencia. Miró en la misma dirección que Nerea.

—Mujer... Se habrá caído rodando desde la cima, supongo. Las rocas se acaban desmoronando por acción de la lluvia, el hielo, la diferencia de temperatura entre el día y la noche...

—Puede.

—No suenas convencida, chica.

—Echemos un vistazo.

Los soles se ocultaron tras la línea del horizonte, y en el cielo despejado brillaban las primeras estrellas. Las constelaciones no se parecían en nada a las del mundo natal de Bob. Éste sintió una punzada de añoranza. Tuvo el impulso de confesárselo a Nerea, de pasarle el brazo por los hombros, pero en cuanto hizo el amago, ella lo rechazó con suavidad.

—No es momento para efusiones.

Bob fue a protestar, pero Nerea lo contuvo con un gesto. Se dio cuenta de que aquella actitud no se debía al despecho, sino a la preocupación. La piloto no apartaba la vista de la roca. A Bob le vino a la cabeza la imagen de un depredador prudente al acecho.

—Llámame paranoica, pero ponte detrás de mí, niño.

Bob asintió en silencio y obedeció. Sabía que era absurdo tener miedo de un vulgar pedrusco, pero Nerea había logrado contagiarle su recelo. Conforme se aproximaban, empero, se fue tranquilizando. «En la cima del cerro hay unos peñascos a punto de desmoronarse. Y eso... Tiene aspecto de piedra, se comporta como una piedra... Pues va a ser una piedra, caramba.»

Llegaron al pie del cerro y se detuvieron a unos pasos del intrigante objeto. Era un fragmento anguloso de color claro, cuya forma recordaba vagamente a la del casco de una barca con la quilla hacia arriba.

—Aquí Nerea, aquí una piedra. —Bob los presentó, en son de guasa—. ¿Qué, satisfecha?

La piloto alzó la vista.

—Marga me comentó que estos cerros son de naturaleza volcánica. Concretamente, están formados por andesitas. Son rocas de color claro, pero... Mira ésta. Más bien parece dolomía. No me mires así; algo se me habrá pegado de convivir con los geólogos. En suma, ¿qué puñetas hace aquí?

—Yo no he sido, te lo juro. —Bob seguía empleando un tono jocoso, pero lo que Nerea afirmaba era, cuando menos, pintoresco—. Bueno, ¿qué hacemos?

—Acabo de llamar a un robot para que tome muestras. Aquí viene.

Un artilugio con forma de cruasán con antenas llegó levitando hasta ellos. Se posó sobre la roca y disparó un láser que arrancó volutas de humo, las cuales fueron analizadas mediante un espectrógrafo. Luego, unas brocas abrieron agujeros en la piedra para llevar los fragmentos al laboratorio de campaña. O eso intentó, porque la roca no se dejó manosear más. Se alzó de golpe una docena de metros, llevándose por delante al infortunado robot, y se quedó flotando amenazadoramente sobre una pareja estupefacta.

Aquello ya no se parecía tanto a una roca. Sus bordes y aristas se estaban redondeando, y el exterior adquirió un tono opalescente, casi translúcido. Permaneció así unos segundos, hasta que se alzó a cien metros de altura y picó hacia el suelo como un halcón peregrino. Antes de tocar tierra describió un grácil bucle y se abalanzó sobre ellos en vuelo rasante.

Bob no se lo pensó. Empujó violentamente a Nerea para apartarla de la trayectoria de aquella cosa y luego ya no supo más.

Cuando despertó, Bob yacía tumbado cuan largo era en una cama. Sentada junto a la cabecera estaba su tía. En cuanto ésta se percató de que estaba consciente, dijo:

—¡Albricias! ¡Por fin da señales de vida el bello durmiente!

—¿Dónde...? —logró pronunciar, aún medio atontado.

—En la enfermería de la nave. —Wanda le puso una mano en la frente—. Tú y tus arrebatos de caballerosidad... ¿Qué se ha hecho del proverbial buen sentido de los colonos? En bonito lugar nos estás dejando, nene.

—Nerea...

—Ahí la tienes, junto a la puerta.

Bob giró la cabeza y la vio allí, apoyada en el marco, contemplándolo con el ceño fruncido.

—¿A qué vino eso? —le preguntó de sopetón, enfadada—. ¿No sabes que mi esqueleto puede soportar el impacto de un obús? Pero no; al aprendiz de macho, en vez de agacharse y ponerse a salvo, no se le ocurrió otra cosa que apartar a la indefensa damisela del peligro. Da gracias a que tu escafandra absorbió la mayor parte de la energía del golpe, porque un poco más y no lo cuentas... Tuve que cargar contigo, llevarte corriendo a la lanzadera y salir a toda pastilla de allí, una tarea problemática cuando una roca chiflada no para de incordiar. ¿Por qué lo hiciste, so tarugo?

—Bueno, os dejo a solas. —Wanda sonrió, se levantó de la silla y se fue.

Bob trató de incorporarse, pero le dolían hasta las pestañas. Sin embargo, las penas desaparecieron al ver a Nerea. Estaba de una pieza, tan combativa como siempre, y eso era lo importante.

—¿Por qué lo hice? —Trató de encogerse de hombros, lo que le dolió aún más—. En cierto momento, uno actúa por instinto para salvar a los que quiere.

Nerea se acercó a la cama y se dejó caer pesadamente en la silla. Parecía resignada.

—Ay, ¿qué voy a hacer contigo, cabeza hueca? —Su semblante se dulcificó, y miró a Bob a los ojos—. Hasta la fecha, nadie se había jugado la piel por mí. Si te paras a pensarlo, es lógico. Todos saben que los ordenadores guardan una copia de seguridad de mi personalidad, la cual actualizo periódicamente. En caso de accidente irreparable, se carga en otro cuerpo y todos contentos. El tuyo fue un gesto inútil. —Lo tomó de la mano—. De todos modos, se agradece. Como el día en que

Asdrúbal presentó sus respetos a los alienígenas caídos en Leteo, a veces los gestos inútiles son los que más valoramos. Ya ves cuán ilógica soy.

Bob, con un esfuerzo ímprobo, se incorporó y le acarició la mejilla. Para qué negarlo; se había enamorado de una máquina, pero ya no le importaba. Fue a decirle algo cariñoso, que expresara lo que sentía por ella, pero de repente cayó en la cuenta de un detalle. La magia del momento se esfumó.

—¿Qué pasó con tu famosa piedra? —dijo, sin poder evitarlo.

A Nerea pareció no importarle el brusco cambio de tema. Quizá la alivió, incluso.

—Persiguió a la lanzadera durante un trecho, hasta que me harté y le di unas cuantas pasadas. No muchas, porque tenía que traerte de una pieza a la enfermería. Aparentemente, se cansó de fastidiar y regresó a la superficie. Menos mal; maldita la gracia que me hacía que me siguiera hasta la *Kalevala*. Por si acaso, hemos evacuado a la gente que quedaba en el planeta. Ah, antes de que me lo preguntes: llevas unas diez horas fuera de combate, pero el médico asegura que no te quedarán secuelas. Ya van dos veces que te salvas por chiripa.

—Mucho que me alegro. Entonces, ¿la piedra no ha vuelto a las andadas?

—Hombre, ella no, pero las otras...

—¿Qué?

Bob llegó al puente de mando en silla de ruedas. El médico consideró que sería más contraproducente dejarlo en cama enfurruñado y protestando que darle el alta con condiciones. Una de ellas, ir sentado en aquel armatoste hasta que remitiesen los mareos. Fue recibido efusivamente, aunque se notaba que la gente tenía la atención fija en otro sitio.

Miles de objetos de forma y tamaño similar al que le había agredido estaban acudiendo desde todos los rincones del planeta. Los más cercanos ya habían llegado a la laguna, y se apiñaban en un confuso montón. Eiji puso a Bob al día de los últimos acontecimientos:

—Menuda habéis organizado, pareja... La próxima vez, avisadnos antes de tomar iniciativas sin encomendaros a dioses o diablos. En vuestro descargo, reconozcamos que nadie podía sospechar algo semejante. Dentro de lo que cabe, tuvimos suerte. El robot que llamasteis quedó desactivado cuando la roca se movió, pero mantuvo su integridad. Enviamos a otro para recogerlo y, por fortuna, los datos y las muestras no se han perdido.

—Menos mal que hicimos algo bien —repuso Bob—. El mérito es de Nerea, que conste.

—Tanto da. Según indican los análisis —prosiguió el biólogo—, las presuntas rocas no son tales. Están compuestas por materia orgánica. Son seres vivos, o bien máquinas biológicas construidas por alguien muy, pero que muy listo.

—¿*Vivas*? —A Bob le dio un vuelco el corazón cuando le asaltó una idea terrible—. ¿No serán...?

—¿Sembradores? —Eiji se encogió de hombros—. Vete a saber. Sus biomoléculas son muy diferentes a las de los alienígenas de la Vía Rápida. Las cadenas de carbono y silicio no se parecen a nada que hayamos estudiado antes. Y sus cuerpos... Salta a la vista que no están emparentados filogenéticamente con los alienígenas. Por no mencionar el pequeño detalle de que vuelan, algo físicamente imposible si tenemos en cuenta su peso y su forma. Ay, daría tu brazo derecho por saber cómo se organizan sus órganos internos...

—Suponiendo que los haya —contestó Bob, por decir algo. Estaba atónito, y tan desconcertado como el resto de la expedición.

Eiji lo miró y puso cara de estar pensando: «Menuda sandez acabas de soltar, hijo.»

—El comandante ha puesto a la *Kalevala* en situación de combate. Excepcionalmente, se nos permite a los científicos permanecer en el puente, por si podemos aportar sugerencias. La autorización se extiende a Wanda y a ti, aunque no me preguntes por qué. Hemos activado el camuflaje y nos limitamos a observar. Sería maravilloso capturar una de esas cosas para estudiarla como es debido, pero esta vez estoy de acuerdo en que conviene pecar de prudentes. En el hipotético caso (y subrayo lo de *hipotético*) de que se trate de sembradores, ya sabemos cómo las gastan. Por tanto, espiaremos desde las sombras.

Según pasaban las horas, las rocas semovientes seguían viniendo a la laguna. Ya había más de un millar formando un montículo irregular. Visto desde las pantallas del puente, el espectáculo resultaba inquietante. Era como si un ejército de hormigas procedente de los cuatro puntos cardinales confluyera en el mismo punto.

—He visto algo parecido en algún sitio —decía Eiji una y otra vez—. Maldita sea; si tan sólo pudiera recordar dónde...

Otros, qué remedio, se dedicaban a elucubrar.

—En caso de que sean sembradores, ¿qué estarán haciendo por aquí? —se preguntó Marga, tan frustrada como el resto.

—Quizá dejaron un retén para vigilar las primeras fases de terraformación del planeta. A lo mejor, los ecosistemas incipientes requieren cierta supervisión antes de que se asienten —propuso Wanda.

Ajenas al interés que suscitaban, aquellas entidades seguían acudiendo. A vista de pájaro, el conjunto recordaba a una estrella de mar de disco abultado y brazos ramificados, que poco a poco se acortaban conforme sus integrantes llegaban a la meta. Cuando el proceso de *emigración* concluyó, se había formado una masa cuyo aspecto recordaba a un cono truncado, de unos novecientos metros de diámetro en la base. En los minutos siguientes permaneció en aparente reposo.

—Bueno, y ahora ¿qué? —dijo Wanda.

Los individuos que integraban aquella mole empezaron finalmente a moverse. Se deslizaban unos sobre otros, trepando más y más alto. Desde el puente, los fascinados espectadores no cesaban de soltar exclamaciones y comentarios. Entonces, un grito agudo provocó el sobresalto general:

—¡Lo tengo! ¡Un moho deslizante celular!

Se trataba de Eiji. El biólogo había propinado un fuerte puñetazo a una consola, mientras miraba la pantalla con expresión triunfal.

—¿Serías tan amable de ponernos al corriente a los legos? —le pidió el comandante.

—Se comportan como unos diminutos organismos de la Vieja Tierra. Los estudié en los primeros cursos de carrera. —Eiji estaba muy excitado—. Por eso me resultaba familiar...

—¿Moho deslizante? No me suena de nada —dijo Marga.

—La especie más conocida es *Dictyostelium discoideum*. Antiguamente se utilizó como organismo de laboratorio en el estudio de la diferenciación celular. El genoma se secuenció hace milenios. En un primer momento, esos seres fueron tomados por hongos y estudiados por los micólogos, ya que su forma de producir esporas recordaba a la de ciertos mohos. Sin embargo, se trata de amebas unicelulares solitarias, enfrascadas en sus cosas: emitir pseudópodos, fagocitar bacterias, dividirse en dos... —Mientras, Eiji se dedicaba a consultar una enciclopedia biológica en el ordenador—. Daos cuenta: amebas solitarias e independientes, como esas piedras, aunque a escala microscópica.

»Sin embargo, llega el momento en que una de ellas, por culpa del estrés inducido por el agotamiento de recursos u otros motivos, segrega AMP cíclico: una llamada química irresistible para las de su especie. A continuación, las amebas se reúnen en torno a la que efectuó la llamada, según un patrón similar al que acabáis de ver en el planeta: riadas de individuos que migran hacia un punto central. Forman una única masa que recuerda a una babosa, y entonces surge el prodigio. Las amebas, pese a tratarse de células independientes que hasta la fecha no se habían relacionado entre ellas, se reparten el trabajo. Unas se sacrifican, tal como suena, y se convierten en el soporte para que otras se alcen sobre ellas y se conviertan en esporas.

»Por supuesto, el parecido entre nuestras rocas y *Dictyostelium* es casual. Ni borracho afirmaría que estos engendros están emparentados con las amebas. Pero hay un fuerte paralelismo en su comportamiento: vida solitaria, y luego una fase de agregación. Quizá fue la actuación del robot lo que alteró a una de ellas y la hizo llamar a sus semejantes.

—Muy ilustrativo —intervino Manfredo—. Por tanto, doctor Tanaka, si no he entendido mal, a continuación seguirá un reparto de funciones en esa pila de piedras. ¿A qué nos conducirá eso?

—Eh, un momento. —Eiji alzó las manos, como pidiendo tregua—. Me he limitado a mostrar que no hay nada nuevo bajo el sol, pero el parecido entre mohos celulares y presuntos sembradores empieza y acaba ahí. Nos enfrentamos a criaturas que pesan más de una tonelada, que poseen la capacidad de volar, y de las que desconocemos su grado de inteligencia. Y aunque se trate de seres de mente compleja, quizás, al igual que nos pasó en VR-513, seamos incapaces de establecer comunicación con ellos.

—En resumen, que no tienes ni pajolera idea de lo que va a pasar —sentenció Wanda.

—Respecto a lo de comunicarnos, prefiero aguardar —dijo Asdrúbal—. No seré yo quien efectúe un primer movimiento que pueda ser interpretado como hostil. Suponiendo que las acciones de Nerea y Bob no lo fueran ya... Tranquilo, hijo; le podría haber pasado a cualquiera —lo tranquilizó, al ver la cara que se le había quedado.

Bob se sintió culpable. Le habría gustado que Nerea estuviera allí con él, pero se hallaba en su puesto de combate en la lanzadera.

Transcurrieron unas horas, mientras aquellas criaturas perseveraban en sus incomprensibles quehaceres. Formaron una torre cilíndrica de más de un kilómetro de altura, con múltiples bultos y estrías en la superficie. El interior de la estructura permanecía oculto. De alguna manera, la actividad incesante de los presuntos sembradores interfería los escáneres. En la *Kaleva-la*, las teorías afloraban como setas en otoño. Todos se preguntaban qué estarían tramando aquellos seres, si en realidad tramaban algo.

—¿Podría tratarse de algún tipo de inteligencia de enjambre? Leí algo sobre el tema —se justificó Bob—. Los individuos son bastante simples en su comportamiento, pero al reunirse, las interacciones provocan que el resultado final sea mucho más que la mera suma de las partes.

—En la Vieja Tierra —añadió Manfredo— hubo quien comparó a las colonias de insectos sociales, como abejas, hormigas o termitas, con superorganismos equiparables a los grandes depredadores. ¿No es así, doctor Tanaka?

—Puestos a fabular... —El biólogo se sentía frustrado al no poder examinar de cerca aquellos misteriosos seres—. ¿Inteligencia grupal? ¿Superorganismos? Tal vez, ni siquiera se trate de sembradores. A lo mejor sólo son simples autómatas orgánicos de vigilancia, no dotados de inteligencia, que se ocupan de funciones de mantenimiento en las biosferas jóvenes.

—Está claro —dijo Marga— que se comunican entre sí. Al menos, la roca que atacó a Nerea y Bob tuvo que avisar a las otras de algún modo. ¿Tienes idea de cuál?

—Podemos descartar las feromonas —respondió Eiji—. Los análisis atmosféricos no muestran la presencia de moléculas extrañas, ni siquiera a niveles de una parte por trillón. Tampoco detectamos sonidos, infrasonidos, ondas de radio...

—¿Telepatía? —preguntó Wanda.

—Mejor todavía; sin duda, unos duendecillos invisibles con alas de mariposa, faldita de encajes y varita mágica les susurran los mensajes al oído —fue la desabrida respuesta del biólogo—. ¡Seamos serios, por favor!

—Hijo, cómo te pones... —le riñó Wanda—. Pues ya me dirás; como no usen comunicadores cuánticos...

—Lo de los duendecillos es más plausible —contestó Eiji—.

¿Sabes la tecnología que requiere un dispositivo cuántico? ¿Y la cantidad de energía que consume? Para que emisor y receptor compartan simultáneamente la información, sin que importe la distancia, haría falta...

—Cuando todo lo demás se descarta, lo improbable debe ser considerado seriamente, doctor Tanaka —intervino Manfredo—. Creo que los biólogos tienden a ser un tanto *geocéntricos* a la hora de especular. Para ustedes, la evolución siempre transcurre en planetas, empieza a nivel microscópico... ¿Y si con los sembradores nos hallamos ante algo radicalmente distinto?

—La ignorancia confiere seguridad —replicó Eiji, burlón—. ¿Insinúas que la comunicación cuántica puede haber surgido por evolución?

—Me limito a especular —fue la cortés respuesta—. O bien, como usted mismo propuso hace un momento, quizá no se trate de seres vivos, sino robots más complejos de lo que podamos concebir. Esa torre que están formando podría ser un amplificador de señal. No desearía sonar agorero, pero ¿y si están llamando a más de los suyos?

Pronto se dieron cuenta de que aquella estructura no era precisamente una antena. Fue cuando la parte superior cambió rápidamente de forma, hasta adquirir una apariencia similar a la del morro de un misil. Antes de que Asdrúbal tuviera tiempo de impartir órdenes, la base de la torre emitió un descomunal fogonazo. Aquel objeto de varios cientos de metros de longitud se alzó del suelo, atravesó la atmósfera y enfiló derecho hacia la *Kalevala*.

Con todos los sistemas en alerta roja, la *Kalevala* emprendió una maniobra evasiva. El orgullo humano había recibido un correctivo considerable. Pese a tener conectadas las más modernas medidas de camuflaje, los presuntos sembradores llevaban rumbo de colisión. De nada servía que hasta las ondas lumínicas fueran desviadas por campos deflectores, tornando invisible a la nave. No cabía duda: la estaban cazando.

Los motores impulsaron a la *Kalevala* con una aceleración brutal, mientras los generadores de gravedad cuidaban de que sus ocupantes no quedaran reducidos a papilla. Al desplazarse, el camuflaje ya no era tan bueno, y Asdrúbal lo sabía.

Los sembradores modificaron el rumbo. La trayectoria seguía siendo de intercepción.

—¿No tendríamos que intentar comunicarnos con ellos? —preguntó tímidamente Eiji; ni siquiera él sonaba muy convencido.

—Lo primero es lo primero —replicó Asdrúbal—. No quiero que acabemos como aquellos pobres alienígenas de Leteo. Estamos siendo atacados, y en tal situación el comandante de la nave se convierte en Dios. Actuaré según me dicten mi experiencia y mi razón, y ya rendiré cuentas ante quien corresponda. Algo me dice que esto va a acabar mal. Intentaré que sea para el enemigo.

—Pero... Con nuestros sistemas defensivos, ¿qué hemos de temer de una... pila de rocas? —insistió el biólogo—. ¿No podríamos esquivarla hasta que se canse?

—Si se trata de sembradores, hablamos de creadores y destructores de mundos —repuso Manfredo, flemático.

—Como representante de los colonos —añadió Wanda—, me gustaría saber si a esas cosas se las puede *apaciguar*, por las buenas o por las malas. Más que nada, porque dentro de 75 años las tendremos a las puertas de casa...

—Mi comandante —dijo un suboficial—, tenemos una de esas piedras a unos cinco kilómetros a popa. Probablemente estuvo ahí todo el rato y no la vimos. Quizás esté guiando a la nave enemiga.

Nadie protestó por la incorrección política que suponía, por parte de los militares, tildar de enemiga a la otra nave. A Asdrúbal se le escapó un taco.

—La muy... Nos han estado engañando todo el rato. Son más listos que nosotros. Artilleros: frían al espía de popa.

—Otro primer contacto, a tomar *po'l* saco —se lamentó alguien, en tono resignado.

Una batería de láseres gamma apuntó y enfocó toda su energía en un punto de la roca solitaria. Ésta se volatilizó en una fracción de segundo. Hubo algunos vítores en el puente; era la primera vez que aquellos artilleros disparaban a un blanco de verdad.

—Veremos cómo reacciona la nave sembradora —dijo Manfredo, y el júbilo amainó.

—¿Qué tipo de motor la impulsará? —se preguntó Bob—. En realidad, está formada por un montón de pedruscos. ¿Cómo diantre...?

—Recordad lo que Eiji nos comentó sobre esos mohos deslizantes —dijo Marga—. Las amebas se especializan, e incluso algunas se sacrifican para que otras se reproduzcan. ¿Y si...? —Dudó un momento—. ¿Y si algunas de ellas se inmolan, convirtiendo parte de su masa en energía para impulsar al resto?

—Otras tendrían que formar el revestimiento de la cámara de combustión del motor —añadió Wanda.

—Estáis forzando la analogía con las amebas... —empezó a protestar Eiji.

—¿Podrían haberse especializado algunos individuos para convertirse en *armamento*? —preguntó Asdrúbal.

—¡Me temo que sí, mi comandante! —gritó el suboficial de antes.

La nave sembradora había lanzado su primer ataque. Era la simplicidad misma: se dedicaba a escupir fragmentos de roca sin sistema de guía, pero casi a la velocidad de la luz. Tan sólo los escudos activos de la *Kalevala* impidieron que la nave se volatilizara.

—Joder, qué puntería... Otra andanada como ésa, y no la contamos —murmuró Asdrúbal, y luego ordenó—: dejémosles un regalito.

Un objeto quedó en la estela de la *Kalevala*. En vez de abatirlo, la nave sembradora abrió una compuerta cuyo aspecto recordaba a una boca y lo engulló. Fue una pésima idea por su parte, ya que se trataba de una bomba termonuclear. La explosión fue silenciosa, como cabía esperar en el vacío del espacio, pero espectacular, sin duda.

—A ver si ha quedado algo que pueda ser analizado —dijo Eiji, con desconsuelo.

Había quedado, para consternación de los artilleros. En apariencia, el bombazo sólo había servido para disgregar a los individuos que integraban la nave enemiga. Unos minutos más tarde volvían a juntarse. La nueva nave era algo menor que la primera, señal de que no había escapado incólume. Pero, inasequibles al desaliento y a la radiactividad, los sembradores continuaron en pos de la *Kalevala*. Le lanzaron otra mortífera andanada, que fue esquivada a duras penas.

—No quisiera sonar derrotista, pero ¿quién lleva las de ganar? —quiso saber Wanda.

Asdrúbal se sintió obligado a dar explicaciones a los colonos. Estaban en el puente, compartiendo riesgos y sin mostrar temor. Eran aliados; poco importaba hacerlos partícipes de algunos secretos militares.

—Parece que la única arma de estos presuntos sembradores es disparar fragmentos de roca con una energía cinética bestial. En el fondo, nos atacan con una vulgar ametralladora, al estilo de los aviones de caza anteriores a la Era Espacial. Gozan de una ventaja: no podemos interferir con contramedidas electrónicas unos proyectiles tan rudimentarios. Y los puñeteros tienen una nave más maniobrable que la nuestra, que parece aprender sobre la marcha y anticipa nuestros movimientos. En apariencia, es indestructible, y puede hacernos mucho daño. La *Kalevala* se defiende de los impactos gracias a un escudo TP, una modificación del campo teleportador que...

—¿Teleportador? —Wanda y Bob lo miraron como si fuera un loco—. Eso es cosa de ciencia ficción.

—Sería muy largo de contar. —Asdrúbal sonrió—. Cualquier objeto que se acerque al casco de la *Kalevala* verá cómo sus átomos son teleportados de manera desordenada a unos cuantos metros de distancia. A efectos prácticos, el escudo TP actúa como un desintegrador. El problema es que esas andanadas son tan densas que pueden saturar la capacidad de respuesta del sistema defensivo y... En fin, un solo impacto a esa velocidad sería fatal.

—¿Entonces?

—Vamos a arrojarles todo cuanto tenemos. Y si no funciona, huiremos. Maldita la gracia que me hace, pero soldado que huye vale para otra guerra.

—Amén —convinieron los colonos.

La *Kalevala* luchó con denuedo, aunque con nulo éxito. Los láseres y armas similares eran reflejados por individuos que se metamorfoseaban en superficies lisas como espejos perfectos. Los misiles fueron interceptados por pequeños grupos de rocas, que se abalanzaban cual kamikazes sobre ellos. Las bombas trampa tampoco funcionaron; el enemigo aprendía de sus errores. Lentamente, la nave sembradora iba menguando de tamaño por el sacrificio de sus componentes, tanto los dedicados a tareas defensivas como los que se convertían en proyectiles. Sin embargo, podía permitírselo. A la larga, triunfaría por agotamiento del adversario.

A bordo de la *Kalevala*, nadie sabía cómo ingeniárselas para derrotar a aquella pesadilla. Si tan sólo averiguaran cómo se comunicaban entre sí las malditas piedras, o cómo se mantenían unidas, podrían tratar de interferir, pero no había manera. Asdrúbal tuvo que tomar una decisión que le dolía: retirarse. La nave aceleró al máximo para separarse de los sembradores y activó los motores MRL. Instantes después, abandonaba definitivamente VR-1047.

—Al fin solos —dijo Wanda, aliviada.

Pasaron unos días navegando por el hiperespacio mientras las sondas no tripuladas buscaban puntos seguros para emerger al espacio normal. Era difícil, ya que conforme avanzaban hacia el núcleo galáctico, el salto las precipitaba indefectiblemente contra una estrella. Al final dieron con un lugar idóneo en VR-1070.

Se trataba de un sistema de lo más anodino. Había un planeta gigante orbitando muy próximo al sol amarillo, con una atmósfera ardiente repleta de vapor de agua. Hacia el exterior sólo hallaron una ristra de mundos enanos y sin aire. Al menos, era un lugar tranquilo, que les permitiría lamerse las heridas y aguardar órdenes.

—En el Alto Mando saben lo que pasó en VR-1047, y tomarán medidas —informó Asdrúbal—. Ya veremos si estiman que hemos cumplido con nuestra obligación y podemos regresar a casita. Los saltos son cada vez más complicados, y probablemente ya no hay más planetas *sembrados* en la Vía Rápida. Seguramente nos relevará otra nave más capacitada para enfrentarse a... Bueno, a lo que toque. —Echó un vistazo a una pantalla y sonrió sin mucho entusiasmo—. Las preclaras mentes de la Armada aún no tienen idea de cómo combatir al enemigo, pero al menos ya lo han catalogado: VVV-30.988.215.3.76673.2-PP-CENTAURO.

—Entiendo lo de *centauro* en honor al brazo galáctico, pero ¿y el resto de cifras y letras? —preguntó Wanda.

—«VVV» hace referencia al catálogo de criaturas alienígenas complejas recopilado por los exobiólogos Vance, Varley y Vinge. Las cifras corresponden a distintos apartados y subapartados que no vienen al caso. «PP» indica *potencialmente peligroso.*

—¿Potencialmente? Qué optimistas... —Wanda suspiró—. Respecto a lo que verdaderamente importa, ¿dónde estará el cubil de los sembradores, centauros o como queráis llamarlos ahora? Es una pena que no hayamos dado con él.

—Quizá sea lo mejor, señora Hull —sentenció Manfredo.

No obstante, la respuesta a esa cuestión tendría que esperar. Un operario de semblante demudado se volvió hacia Asdrúbal y anunció:

—¡Mi comandante! Sé que es imposible, pero ¡nos han seguido!

Capítulo IX

INTRUSOS

—La madre que los parió; qué harto me tienen.

La voz de Asdrúbal sonó comedida; le costó disimular la impotencia que en ese momento le asaltó. Para que una nave persiguiera a otra después de un salto hiperespacial, se requería que la víctima llevara un dispositivo espía. Éste, una vez efectuado el reingreso en el espacio normal, se encargaba de dar el chivatazo por vía cuántica. Sin embargo, en el presente caso estaba seguro de que no les habían colocado de tapadillo uno de esos artilugios. Les habían rastreado por el hiperespacio, algo que teóricamente no podía hacerse.

Desechó de inmediato regresar a alguno de los sistemas solares que habían visitado previamente. Sería una irresponsabilidad criminal encaminar a los centauros en una dirección que los llevaría hacia los mundos poblados por colonos. Tenían que alejarlos, pero una huida hacia el desconocido centro galáctico parecía inviable. Las reservas de energía de la *Kalevala* iban un tanto escasas, y habían perdido casi todas las naves auxiliares buscando un lugar seguro para salir del hiperespacio. Cada vez costaba más tiempo y combustible dar con una ruta buena. Tal vez después de VR-1070 ya no hubiera más, y el siguiente salto sería el último.

Eso sólo dejaba una opción: el combate. «Como si fuera tan fácil», pensó. La estrategia del enemigo era tan simple que llevaba todas las de ganar. Daba igual que se tratase de seres inteligentes o ciegos autómatas; sabían pelear, y no consideraban otra opción que la aniquilación del adversario. Recordó la masacre de Leteo, las pobres crías ejecutadas, la defensa desesperada de sus mayores. Ahora le tocaba a la *Kalevala*.

El momento era de especial gravedad. Asdrúbal temía que el desánimo cundiera entre la tripulación. Ésta necesitaba que su comandante aparentara saber lo que se hacía. «De acuerdo, simulemos aplomo, y que empiece el espectáculo.» Respiró hondo.

—Pongamos rumbo al planeta gigante. Veamos si el enemigo es capaz de maniobrar en una atmósfera turbulenta, y qué tal le sienta el calor.

—Esto... —dijo Wanda, mirando el espectáculo que se ofrecía en las pantallas—. ¿Puede tu nave volar *ahí*?

—Teóricamente, sí, aunque nunca lo intentamos —comentó Asdrúbal, sin darle mucha importancia—. En el espacio, ellos son más rápidos y maniobreros que nosotros. No podemos seguir eludiéndolos eternamente. Eso sí; te garantizo que si entramos los dos ahí, sólo saldrá uno.

«O ninguno», pensaron bastantes tripulantes, pero nadie quiso replicar al comandante. Las cosas pintaban muy mal, pero aquellas últimas palabras habían sonado bien. Algo impulsaba a creerlas. La desesperación, quizá.

La *Kalevala* aceleró a fondo, con su perseguidor a la estela. El disco del planeta se fue acercando vertiginosamente. Era mucho mayor que Júpiter, una esfera adornada con bandas grises y amarillentas, tan cercano a su estrella que completaba su órbita en apenas tres días, ofreciéndole siempre la misma cara. El contraste de temperatura entre la zona iluminada y la sombría era brutal. Un meteorólogo habría disfrutado estudiando las violentas corrientes que se generaban en aquella atmósfera. Como telón de fondo, a pocos millones de kilómetros de distancia, el Sol amarillo ocupaba gran parte del firmamento. Las llamaradas y fulguraciones de la corona componían un espectáculo magnífico a través de los filtros que atemperaban su tremendo brillo.

—Si va a convertirse en nuestra tumba, difícilmente podríamos haber escogido un escenario más adecuado —dijo Manfredo.

Afirmar que aquél era un lugar hostil para la vida sería quedarse corto, pero la nave se sumergió en él de cabeza. Pese a haber sido diseñada para los viajes siderales, el campo TP desorganizaba y teleportaba las moléculas de gas antes de que tocaran el casco. A efectos prácticos, era como si la *Kalevala* fuera generando un vacío a su paso. Pero aquella protección no salía gratis. Las reservas energéticas menguaban a pasos agigantados.

La nave sembradora no abandonó su cacería. Sus integrantes se acoplaron para adoptar una forma aerodinámica, y los que ocupaban el exterior cambiaron de aspecto. La superficie comenzó a relucir como un espejo.

—Esos cabritos han fabricado con sus cuerpos un blindaje que resiste al calor y la radiación. —Asdrúbal procuró que sus hombres no le notaran la frustración—. Bien, ya veremos qué tal aguantan la presión, y quién revienta antes.

Los centauros seguían disparando esporádicamente, pero la turbulenta atmósfera, con rachas de viento que superaban los mil kilómetros por hora, molestaba su puntería. Cuando se acercaban demasiado, Asdrúbal ordenaba disparar una carga termonuclear entre ambas naves, lo cual contribuía a mantener la distancia entre ellas. En la atmósfera, las explosiones se notaban mucho más que en el vacío.

Con la muerte en los talones, la *Kalevala* se zambulló en lo más hondo del planeta. Todo se tornó de un color ocre sucio, en medio de una temperatura capaz de fundir el metal, unos huracanes violentísimos y una presión que la aplastaría en un instante si no fuera por el campo TP. Pero los centauros no cejaban. Un entorno tan hostil no hacía mella en ellos o, en todo caso, no lo aparentaban. Su aspecto distaba mucho de ser el de una nave que iba a colapsarse de un momento a otro. Brillaba majestuosa, como un gran tiburón de plata.

Siguieron descendiendo al infierno. El paisaje se tornó negro, tan sólo iluminado ocasionalmente por algún titánico relámpago. Cientos de kilómetros de gas denso pendían sobre ambas naves, que seguían volando en un entorno para el que no habían sido concebidas. La puntería de los centauros se había tornado pésima, pero poco importaba. No había forma de matar a aquellos seres cuando actuaban en equipo. Los tripulantes comprendieron lo que pudieron sentir los alienígenas de Leteo: impotencia ante lo inexorable. En el puente reinaba un silencio de funeral, como si todos aceptasen la derrota pero deseasen, al menos, acabar con dignidad.

—Mi comandante —dijo un suboficial muy joven, con cara de niño asustado—, la reserva de energía está alcanzando un nivel crítico. Si continuamos bajando, el campo TP fallará antes de que podamos salir de la atmósfera.

El enemigo, en apariencia más fresco que una lechuga, no necesitaba disparar para vencer. Le bastaba con aguardar a que su presa acabase como la cáscara de un huevo al ser pisada por un elefante. Y si la *Kalevala* se rendía y volvía al espacio, lo haría con tan poca energía que sería un blanco fácil.

«Estamos muertos. La jugada ha fracasado —pensó Bob, mirando a su alrededor—. La gente se lo está tomando razonablemente bien. ¿Y yo?» Parecía haberse contagiado del mismo fatalismo que los demás. Si dispusiera de más tiempo, se habría lamentado amargamente por los años que aún le quedaban por vivir, las ocasiones perdidas, los polvos no echados. Le habría gustado saber qué pensaban los demás en sus últimos momentos. Sobre todo, Wanda y Nerea. Pensó en la piloto, que ahora estaría en la cabina de la lanzadera, aguardando el fin. La añoraba. ¿Tendría un último recuerdo para él? Sintió ganas de llorar, pero aguantó el tipo. Él no iba a ser menos que Eiji, o Marga. Los científicos estaban serios, agarrados de la mano, pero sin perder la compostura. Y los tripulantes...

Tampoco era tan malo morir rodeado de tales compañeros.

Al menos, se consoló, sería rápido. Cuando el campo protector colapsara, la implosión de la *Kalevala* sería instantánea. Pero jodía perder y, cosa rara, le mortificaba no haber podido vengar a aquellos alienígenas y sus crías. Inmerso en sus cavilaciones, dio un respingo cuando la voz de Asdrúbal rompió el silencio trágico.

—Ya los tenemos donde queríamos. A esta profundidad, maniobran con torpeza. Dejadlos que se aproximen.

El comandante sonaba muy seguro de sí mismo, y los seres humanos se agarran a un clavo ardiendo cuando ya no queda otro remedio. El fatalismo se esfumó.

—Asdrúbal, ¿realmente tienes un plan, o lo haces para darnos ánimos? —preguntó Wanda, escéptica.

—De todo un poco, amiga mía. —Se dirigió hasta las consolas—. Ordenadores, dependemos de vuestra precisión. O esto sale bien a la primera, o despidámonos. Cuando el enemigo esté lo suficientemente cerca, invertid el flujo de las toberas y *embestidlo*. En el momento del abordaje —los presentes iban abriendo unos ojos como platos conforme hablaba—, proporcionad la máxima potencia al campo TP. Dejad tan sólo la energía imprescindible para que podamos salir de aquí cagando leches.

—¡Es una locura! —exclamó Eiji, atónito.

—Es una orden —se dirigió a toda la tripulación por los altavoces—. Puede que tengamos problemas con el mantenimiento de los generadores gravitatorios. Que todo el mundo se ponga un arnés de seguridad —miró a Bob—. Y tú, echa el freno a la silla de ruedas. Por cierto, oficiales, suboficiales, tropa, científicos y pasajeros: si no escapamos con vida de ésta, sabed que ha sido un honor servir a vuestro lado. Y ahora, ¡a por esos cabrones!

Un grito de guerra espontáneo coreó al comandante.

Los centauros no se lo esperaban. Su presa rezumaba debilidad y se acercaban a ella rápidamente, a una distancia a la que pudieran asegurar el blanco. Pero en una maniobra súbita, la presunta víctima se detuvo en seco. Fueron incapaces de esquivarla.

Una *Kalevala* bastante maltrecha surgió de entre las nubes tórridas. El campo TP había cedido justo al final, y sobrevivió al paso por las capas altas de la atmósfera gracias a la excelente factura de su blindaje biometálico. Ahora sólo restaba comprobar la suerte del enemigo. Si salía tras ellos, estaban listos de papeles.

Y tal cosa hizo, aunque no de una pieza. Rocas sueltas o en pequeños grupos fueron brotando de entre las últimas nubes. El ardid del comandante había funcionado. El campo TP de la *Kalevala* había desintegrado buena parte de la nave sembradora. Lo que ahora quedaba era apenas un pequeño porcentaje del original, incapaz de formar algo mayor que una lanzadera.

Curiosamente, aquellos fragmentos seguían persiguiendo a la *Kalevala*. Manfredo se lo hizo notar al biólogo:

—Son criaturas de costumbres. La forma de perseguirnos, lo de cosechar planetas cada 802 años a piñón fijo... Eso indica inflexibilidad, rutina. Habría que ver hasta qué punto son capaces de adaptarse a los cambios. En cierto modo, me siento identificado con ellas. Por lo del cerebro cerámico, ya sabe usted. —Sonrió mientras se daba unos toquecitos en el cráneo con el dedo.

—¡Especulaciones y más especulaciones! —Aunque protestara, Eiji estaba radiante de felicidad por seguir vivo—. Sin ejemplares a los que estudiar, hablamos por hablar. No sabemos siquiera si son inteligentes. Quizá sean como colonias de hormigas que...

—Lo del superorganismo ya lo propuse yo, doctor Tanaka.

Ajeno a aquel diálogo, Asdrúbal sonreía. En su expresión había algo que recordaba a la del macho alfa de una manada de lobos, cuando acorralaba a una presa exhausta.

—Fuego a discreción —ordenó.

Los grupos de rocas sucumbían uno tras otro al armamento pesado de la *Kalevala*. Bien fuera por su reducido tamaño, bien porque la presunta inteligencia grupal necesitara cierta masa crítica para organizar una defensa eficaz, el caso fue que para los artilleros resultó un ameno ejercicio de tiro al plato. Al final tuvieron que ir espaciando los disparos por la escasez de munición y de reservas energéticas. Eso permitió a unos pocos supervivientes unirse y saltar al hiperespacio. Por primera vez en su historia, los centauros huían. La batalla había terminado.

A bordo, todos respiraron aliviados. La tensión acumulada se fue desfogando en abrazos, sonoras palmadas en la espalda y voces más fuertes de lo habitual, a veces rayanas en la histeria. Hasta Marga había abrazado a Eiji, en un rapto de emotividad.

—Creí que no lo contábamos —decía la geóloga una y otra vez.

Tan sólo unos pocos individuos guardaban una calma antinatural. De Manfredo cabía esperarlo, dada su peculiar idiosincrasia. Asdrúbal, como buen comandante, debía aguantar el tipo y adoptar una pose que sirviera de referencia a sus hombres. A Bob se le notaban algo los nervios, pero pocos brincos podía dar yendo en silla de ruedas. Wanda, en cambio, parecía estar de vuelta de todo. Si lo había pasado mal, no lo manifestaba.

—Para tratarse de una nave de exploración, ha librado una magnífica batalla —le dijo al comandante—. Tanta tecnología, y al final se ha decidido todo a la antigua usanza, como cuando las trirremes griegas le clavaban el espolón a los navíos persas.

—No sé cómo lo habrían hecho los comandantes de la Armada en los viejos tiempos. Fueron siglos turbulentos. Ahora, en cambio, es raro que dos astronaves se enfrenten directamente. Por tanto, seguí una táctica tan vieja como la Humanidad: improvisé.

—No quisiera tenerte como enemigo —miró inquisitiva a las consolas—. Me gustaría saber adónde se largaron esos bichos.

—Bueno —las sonrisas de Asdrúbal y algunos de sus hombres que lo escuchaban eran triunfales—, además de propinar una paliza a esos malnacidos, nos tomamos la libertad de, disimuladamente, pegarles en la chepa algunas balizas cuánticas. Se encargarán de cartografiar su rumbo a través del hiperespacio e indicarnos su punto de destino. Sí, amiga mía —e inconscientemente se frotó las manos—; ahora, los cazadores seremos nosotros. Repostaremos hidrógeno del planeta, recargaremos baterías, repararemos los desperfectos e iremos tras ellos. Éste es un viaje de exploración y pienso concluirlo. —Miró a su alrededor—. ¿Algo que objetar, damas y caballeros?

Nadie le llevó la contraria. Su entusiasmo resultaba contagioso.

Era raro que Asdrúbal se pasara por la sala de reuniones, sobre todo en los últimos días. A Wanda le extrañó tropezarse con él. El comandante estaba sentado en una mesa, solo, bebiendo a lentos sorbos un vaso con un brebaje que seguramente no era agua. Al verla, le hizo señas para que se reuniera con él.

—Voy a por una cervecita fresca de la máquina y estoy contigo —le dijo.

Estuvieron un rato sin hablar, limitándose a beber pausadamente.

—Qué tranquilo está todo —comentó Wanda al fin.

—Ajá. El recorrido por el hiperespacio va a ser largo, según los ordenadores cartógrafos. Por fin dispongo de un rato para relajarme.

—Un buen salto... —Wanda miró pensativa a su vaso, y luego a los ojos del comandante—. ¿Tanta prisa había? ¿Por qué no aguardamos la llegada de refuerzos?

—Prefiero hacerlo así, antes de que la pista se enfríe. Por lo demás, la *Kalevala* está en plena forma. Tan sólo andamos escasos de misiles y naves auxiliares, pero los láseres, escudos y sistemas de camuflaje activo funcionan perfectamente, y hemos cargado combustible de sobra. Se trata de seguir al enemigo, ocultarse, observar e informar al Alto Mando, nada más.

—Y nada menos. En lo que concierne al camuflaje, recuerda lo que nos pasó en VR-1047. Había una roca espiándonos, y avisó a sus hermanas.

—Fuimos descuidados, lo admito, pero tomamos nota de los errores. Esta vez pecaremos de exceso de prudencia. Lo haremos como en el viejo chiste del apareamiento de los erizos: con mucho cuidado.

—¿Tienes idea de cuántos mandamases muy seguros de sí mismos habrán pronunciado esas mismas frases antes de una catástrofe irremediable?

—No seas agorera y termina la cerveza, Wanda.

A partir de la información que enviaban las sondas espías, los ordenadores cartógrafos determinaron que los centauros habían emergido en un sistema estelar triple, fuera del brazo galáctico. Más aún: su presunto cubil se hallaba en un cúmulo globular situado muy por encima del plano de la Vía Láctea.

El salto a través del hiperespacio duraría varias jornadas, así que dispusieron de tiempo sobrado para las charlas ociosas. Todos estaban convencidos de que aquellas rocas eran los genuinos sembradores. Así cobraba sentido la filmación alienígena recogida en las ruinas de Leteo.

—La misteriosa nube blanquecina que se cernía sobre VR-218 se comporta, a escala planetaria, como nuestros singulares atormentadores —decía Manfredo en la sala de hologramas, revisando los documentos gráficos obtenidos en aquel viaje memorable—. Me atrevo a pronosticar que en una masa tan enorme, las interacciones entre sus componentes podrán alcanzar un grado elevadísimo de complejidad. Por tanto, el superorganismo será capaz de ejecutar acciones inimaginables. Si unos cuantos miles pudieron formar una nave que en muchos aspectos superaba a la *Kalevala*, imaginen algo del tamaño de una luna.

—Simplemente, con la mera fuerza gravitatoria asociada, sería capaz de causar catástrofes a escala planetaria en el mundo que elijan como objetivo —dijo Marga.

—Hablando de objetivos —replicó Wanda—, ¿por qué cosechan?

—Nosotros repostamos combustible y materias primas en VR-1070 —respondió Bob—. Tal vez ellos... —Y dejó la frase en suspenso.

—Esos seres parecen seguir un ciclo vital de 802 años —intervino Nerea que, como de costumbre, poseía la virtud de apuntarse a los coloquios más jugosos—. No soy bióloga, pero sé que muchos animales atraviesan por distintas fases bien diferenciadas. De jóvenes se alimentan, y cuando maduran se reproducen. Tal vez, cada cierto tiempo deben recopilar víveres. Y como son tantos, necesitarán cosechar un planeta entero para ir tirando.

—Yo sí soy biólogo —replicó Eiji—, pero ejerceré de abogado del diablo. Supongamos que, en efecto, esas rocas, al agregarse, dan lugar a una inteligencia de nivel superior, capaz de fabricar herramientas y obrar maravillas. Si tan listas son, ¿por qué no desarrollaron placas solares o algo similar? ¿Para qué seguir un proceso tan retorcido, costoso y complejo como el de sembrar planetas? La solar es la energía más abundante y barata en el universo. A partir de ella, y usando materias primas que podrían extraer de cualquier planeta gigante gaseoso, podrían sintetizar todos los nutrientes que quisieran. Sería mucho más eficiente que lo que hacen.

—Quizá, doctor Tanaka, sean criaturas esclavas de sus costumbres —dijo Manfredo—. O empleando la terminología de ustedes, los biólogos, lo llevan en los genes. Sigamos con su ejemplo de las amebas. Éstas, cuando reciben la llamada química de un congénere sometido a estrés, no tienen más remedio que agregarse y, en algunos casos, suicidarse en pro de la comunidad. No pueden hacer otra cosa que seguir las instrucciones grabadas en su código genético, y lo repetirán generación tras generación, hasta que se extingan. Por tanto, debemos concluir que sus actos de aparente crueldad no obedecen a una maldad intrínseca, sino a las restricciones de diseño, en sentido amplio.

—Podrían evolucionar —objetó Marga.

—Recuerda lo que te enseñaron en Secundaria sobre el equilibrio puntuado. Las especies tienden a permanecer estables durante la mayor parte de su historia. Los episodios de especiación son muy rápidos en términos geológicos, y se dan en zonas periféricas, aisladas de las poblaciones principales. Reconozco que lo que apunta Manfredo tiene sentido. Puede que el comportamiento de los centauros contribuyera a su éxito como especie, y quedara fijado indeleblemente en su genoma. Entonces, el instinto prevalecería sobre la inteligencia de enjambre y... Ay, habéis logrado que me ponga a elucubrar, como vosotros. —El biólogo sonrió.

—Comprendo perfectamente la actitud de los centauros —dijo Manfredo—. Fíjense en mi cerebro: como saben, funciona de maravilla, pero me resulta complicado adaptarme a los cambios sociales. Y esto me lleva a proponer otra hipótesis. Quizás hayan fijado su forma de actuar conscientemente. Al igual que nosotros modificamos nuestros cuerpos mediante terapias genéticas o la microcirugía, ellos podrían también haberse blindado contra la evolución, contra los cambios, contra lo imprevisible.

—Si funciona, no lo toques —añadió Wanda.

—Ahí quería llegar, señora Hull. Sin embargo, se puede morir de éxito.

—Se me ocurre una explicación a que prefieran sembrar y cosechar, en vez de crear una tecnología de aprovechamiento de la energía solar —intervino Nerea, que llevaba un rato escuchando atentamente—. A lo mejor les es más cómodo usar las biosferas como fábricas de transformación de las materias primas. Se trataría de herramientas a escala planetaria que, una vez puestas en marcha, funcionan solas. Y en la Vía Rápida hay mundos de sobra. ¿Para qué molestarse en cambiar?

—Especulaciones, especulaciones... ¡Guardaos de ellas, pecadores! —Eiji se puso a imitar a un sacerdote con grandes aspavientos.

—Me pregunto —dijo Wanda, pensativa— qué encontraremos en el cúmulo globular. ¿Individuos aislados?

—Seguramente estarán empezando ya a congregarse —le respondió Nerea, con una sonrisilla malévola—. Al fin y al cabo, sólo les quedan 75 años para *procesar* Eos. Y si la fase de agregación es la que dedican a alimentarse, a estas alturas les estará entrando el gusanillo del hambre, ¿no?

—Muy graciosa... —dijo Bob, de mal humor—. Cómo se nota que Eos no es tu casa.

—Esperemos que esta vez hayan elegido un bocado demasiado grande para poder engullirlo —sentenció Wanda.

La *Kalevala* regresó al espacio normal con muchísimo cuidado. Ni siquiera se encendieron los motores. Así, la astronave se limitó a derivar en completo silencio, procurando no atraer la atención de los cazadores.

Tras examinar exhaustivamente las grabaciones del incidente con los centauros, los ordenadores de a bordo determinaron que los perseguidores habían surgido en el mismo punto de VR-1070 que la *Kalevala*. Seguramente, su sistema de rastreo exigía seguir idéntica trayectoria que la presa. Por si acaso, Asdrúbal decidió aparecer a una distancia segura y, a ser posible, al resguardo de algún planeta. Aparentemente, fue una buena idea. Nadie les seguía, aunque la tripulación se sentía como un gato en campo abierto, intentando pasar desapercibido frente a una jauría de perros rabiosos.

Pese a todo, la tensión no impedía que disfrutaran de las maravillas que se ofrecían a sus ojos. Que supieran, ningún ser humano, androide u ordenador había contemplado algo así antes.

La Vía Láctea se desplegaba en todo su esplendor. Miríadas de estrellas derramaban una luz pálida de belleza sobrecogedora. Desde esa perspectiva se podía apreciar que se trataba de una galaxia espiral barrada. En el disco se veían los brazos separados por bandas más oscuras de gas y polvo. En el centro, el bulbo era una bola de brillo uniforme, de un blanco purísimo.

Los filtros de las pantallas mitigaban el resplandor y permitían discernir detalles sutiles. Destacaba el anillo de soles que orbitaba en torno al agujero negro supermasivo del centro, un monstruo insaciable que devoraba materia y despedía chorros de gas y rayos gamma por los polos galácticos. En el disco se veían penachos de estrellas que brotaban oblicuos, como finos cabellos luminosos, restos de pequeñas galaxias canibalizadas del grupo local.

El resto del firmamento no estaba vacío. La *Kalevala* navegaba por la periferia de un viejo cúmulo globular, a cierta distancia del plano galáctico. Había estrellas por doquier, muchas de ellas enanas de primera generación, que brillaban con tonos rojizos. Ante un escenario tan sublime, sólo quedaba admirarlo con reverencia. Los dramas que afligían a los moradores de los mundos que alumbraban esos puntitos de luz parecían muy lejanos, irrelevantes y sobre todo efímeros, frente a una belleza que se antojaba perpetua.

Aquello era el telón de fondo para un llamativo sistema solar. En sus tiempos tuvo que ser digno de verse, con dos gigantes azules danzando muy juntos y una enana roja orbitando a gran distancia de sus hermanas mayores. Pero las estrellas masivas gozan de una vida gloriosa y fugaz. De ellas sólo quedaban dos púlsares que giraban como peonzas enloquecidas, emitiendo sus lamentos al cosmos con la regularidad de radiofaros. Sus atmósferas aún podían intuirse a años luz de distancia, como jirones de un velo deshecho por el viento estelar.

Ajena a esas catástrofes, la pequeñita del trío seguía tan colorada como siempre. En torno a ella había pocos planetas. Sin duda, las gigantes azules habían dejado escaso material para construirlos. Había un cinturón de asteroides entre dos mundos gaseosos, y punto. Aparentemente, el cinturón correspondía a un planeta que nunca pudo formarse por culpa del tirón gravitatorio de los otros.

Según indicaron las sondas, los centauros supervivientes habían saltado al espacio normal cerca del cinturón. Y al cabo de unos días, misteriosamente, dejaron de emitir. La *Kalevala*, para evitar emboscadas, apareció muy cerca del planeta exterior, protegida por su sombra. Mientras seguía invisible y con los motores apagados, fue el turno de las naves auxiliares. Tenían que buscar sin ser descubiertas dónde se habían refugiado los sembradores. A los tripulantes sólo les quedaba esperar que sucediera algo, mientras las jornadas transcurrían en una tensa calma.

Los centauros parecían haberse esfumado. Aparte de asteroides dispersos, nada más había por allí, ni el más mínimo signo de vida.

—Me tienta la idea de abandonar la enana roja y acercarnos a los púlsares —dijo Asdrúbal—. Tratándose de unos bichos tan raros, a lo mejor se encuentran a gusto en entornos extremos.

Antes de darse por vencido, tentó a la suerte por última vez. Si los centauros estaban en el cinturón de asteroides, sin duda disponían de un camuflaje endiabladamente bueno, al igual que el de la *Kalevala*. Era preciso dejarse ver, para forzar la reacción del enemigo.

—Y me ha tocado a mí —dijo Nerea, resignada—. Nosotras, las máquinas, somos prescindibles. Ya tendría que haberme acostumbrado...

—Necesitamos que detecten la lanzadera para saber por dónde andan —le explicó Asdrúbal—. Además, no te quejes; la tripularás a distancia, desde el puente de mando.

—Bien, pero ¿y el ordenador del vehículo? No es un mal tipo, a pesar de su proselitismo para aficionarme a la ópera clásica.

—Conservamos una copia actualizada, descuida.

Una vez concluidas las protestas de ritual, Nerea se sentó delante de una consola y la contempló fijamente.

—¿Dónde están los controles? —preguntó Bob, intrigado.

—Me comunico con la lanzadera mediante el ordenador biocuántico del cráneo. ¿En qué milenio vives, chaval? ¿Acaso te figuras que llevo un puerto USB antediluviano en el culo? ¿No tenéis periféricos inalámbricos en las colonias?

—Perdona, hija. —Bob fingió abochornarse. Intentaba que lo tomaran por un simplón, y que no sospecharan que él también llevaba uno de esos dispositivos para comunicarse con Wanda.

La lanzadera efectuó el primer tramo de su recorrido con el camuflaje activo. Teóricamente era invisible a cualquier observador. Cuando pasó cerca de un asteroide, simuló fallos en los sistemas de ocultación, que se fueron tornando cada vez más frecuentes.

—Ojalá muerdan por fin el anzuelo —masculló Asdrúbal.

Transcurrieron varias horas sin nada digno de reseñar. Nerea seguía estoicamente sentada en su puesto, sin mover un músculo. Pese a que su cuerpo sintético podía experimentar las mismas sensaciones y necesidades que uno humano, en caso de fuerza mayor podía ponerlo en modo de espera, mientras los ordenadores internos cumplían con su trabajo. Los demás, Bob incluido, se olvidaron de ella y se dedicaron a matar el tiempo conversando, paseando o pensando en las musarañas.

—Los tenemos, mi comandante.

Todos miraron a la piloto, sobresaltados. Nerea había pasado de la inacción a la actividad normal sin avisar. En su semblante se reflejaba la preocupación. Asdrúbal se acercó hasta ella a paso ligero.

—¿Están en el cinturón de asteroides?

—No sólo *están*, mi comandante. *Son* el cinturón de asteroides. Además, no les interesa la lanzadera. Vienen derechos hacia nuestra posición. Me temo que saben dónde se esconde la *Kalevala*.

—La cagamos —se le escapó a un teniente. No fue una expresión digna de pasar a los libros de Historia, aunque reflejaba a la perfección el sentir general.

En pocos minutos, los acontecimientos se precipitaron. Con absoluto desprecio a las leyes de la Mecánica Celeste, los falsos asteroides aceleraron brutalmente y algunos de ellos se fusionaron. Los ordenadores de a bordo calcularon la masa conjunta de todos ellos: equivalía a la de la Luna de la Vieja Tierra. En el puente, la estupefacción era tan grande que apenas dejaba sitio al miedo.

—Seguro que en el brazo de Orión no os pasan estas cosas —comentó Wanda con voz débil. Asdrúbal se la quedó mirando y replicó, muy solemne:

—Créeme, Wanda. He visto naves en llamas más allá de Orión. He tomado al asalto reductos insurgentes en lo más profundo de las junglas de Alfa Persei. He combatido en un dromón de los Hijos Pródigos contra alienígenas capaces de robarte el alma. He sobrevolado el horizonte de sucesos de un agujero negro. Incluso he leído el *Ulises* de Joyce sin que a mi mente le quedaran secuelas. Pero te juro que nunca jamás me había perseguido un cinturón de asteroides.

Wanda sonrió y aplaudió con desgana.

—Te ha quedado muy bien el parlamento, pero pasando a asuntos más prosaicos, ¿cómo vamos a salir de ésta?

—De momento, veamos qué velocidad pueden alcanzar los centauros. Larguémonos de aquí cuanto antes, e intentemos ganar tiempo. Mientras, enviaremos los datos en tiempo real al Cuartel General de la Armada.

—La lanzadera acaba de palmarla, mi comandante —dijo Nerea, lacónica.

—¿Cómo...?

—Ni idea. Se ha limitado a estallar. Deduzco que los centauros disponen ahora de armas mucho más peligrosas que un dispositivo para arrojar pedruscos.

—¿Cuál será su alcance máximo? —preguntó Wanda.

—No pienso quedarme a comprobarlo —respondió Asdrúbal—. Campo TP al máximo, y olvidaos del camuflaje. Es inútil contra ellos —ordenó—. Efectuaremos un microsalto hacia los púlsares, para comprobar si nos siguen.

—Así que esto es un púlsar... Bah, esperaba otra cosa.

El comentario banal de Wanda sólo intentaba animar un poco el ambiente. La moral volvía a estar por los suelos, ya que los centauros habían imitado a la *Kalevala*. Los tenían a popa, a una distancia más corta de lo deseable. Para empeorar el panorama, se habían unido en una sola masa. En lugar de adoptar forma esférica, como cualquier cuerpo decente de ese tamaño, su apariencia recordaba al tiburón peregrino de la filmación alienígena. En el vacío del espacio, una forma hidrodinámica como aquélla carecía de sentido aunque, eso sí, daba pavor. Otro misterio más en el haber de aquellos desconcertantes seres.

Los centauros eran rápidos. Nadie a bordo tenía ni idea de cómo se impulsaba una mole tan ingente. Los motores brillaban por su ausencia, pero le iba comiendo terreno a la *Kalevala*. Asdrúbal no veía ante sí una línea de acción clara. Desde el cúmulo globular sólo había una ruta hiperespacial abierta y fiable: la del regreso al brazo de Centauro. Pero aparecer en un lugar donde había asentamientos humanos con semejante monstruosidad pegada al trasero no parecía buena idea. Y, por supuesto, la *Kalevala* no era rival para algo tan grande como una luna. Podría usar los púlsares como catapultas gravitatorias, dar microsaltos, jugar al gato y al ratón, pero al final los sembradores triunfarían. Nunca dejaban sus asuntos inconclusos.

En ese momento, una vibración irregular sacudió a la nave. Asdrúbal miró inquisitivamente a los técnicos, tan perplejos como él.

—Están intentando hacernos algo, mi comandante, pero ¿qué?

—Hemos caído en su radio de acción —dijo Asdrúbal.

—Mi comandante, recibimos un mensaje codificado del Alto Mando.

Asdrúbal tomó un visor y se lo puso, al estilo de unas gafas. El aparato lo reconoció y presentó ante sus ojos el documento. Cuando se quitó el artilugio, su expresión era decidida.

—Poned en marcha los motores MRL. Saltamos de regreso a VR-1070.

—Pero nos seguirán, señor —objetó el técnico.

—De eso se trata, hijo. —Alzó la voz—. ¡Rápido, antes de que acabemos como la lanzadera!

Los inevitables días que duraba el viaje a través del hiperespacio transcurrieron en tensión. Sin embargo, el comandante no soltaba prenda.

—El Alto Mando ha sugerido, mejor dicho, ordenado una línea de actuación. Debo guardar silencio. Protocolos de seguridad; ya sabéis cómo funcionan.

—Dudo que alguien en la nave corra a contárselo a los centauros. ¡Eh, chicos! —gritó Wanda—. ¿Hay algún espía entre vosotros?

—Basta de payasadas, Wanda. Tenemos un plan, y es bueno que la tripulación lo sepa. Tan sólo puedo adelantaros que deberemos realizar maniobras extremadamente precisas. Pero de momento, los detalles son reservados.

Finalmente llegó la hora de retornar al espacio normal.

—Emergeremos lo más cerca posible del sol de VR-1070 —explicó Asdrúbal—. Los saltos tan próximos a una estrella son difíciles, pero por fortuna cartografiamos el sistema cuando nos detuvimos en él. Sin embargo, el éxito de nuestra misión depende del comportamiento de nuestros perseguidores.

»Todo parece indicar que son criaturas de costumbres fijas. Antes de realizar cualquier salto, la *Kalevala* deja atrás algunas microsondas espías. Según los datos que nos han proporcionado, los centauros, tanto los de aquella nave como los de este planetillo, se aproximan al punto en el que abandonamos el espacio normal y aguardan 56 minutos antes de seguirnos. Ni uno más, ni uno menos. ¿Por qué lo hacen? ¿Para calibrar su sistema de rastreo? Posteriormente, emergen del hiperespacio en el mismo punto que nosotros, 27 minutos después. La regularidad parece su seña de identidad.

—Si saltan en el mismo lugar, aparecerán junto al sol —dijo Wanda—. La idea es freírlos, ¿verdad? ¿Y si no funciona?

—No adelantemos acontecimientos. *Carpe diem*, amiga mía.

La vista era de una belleza terrible. El sol lo ocupaba todo alrededor de la *Kalevala*. Las llamaradas de gas incandescente trazaban gráciles arcos siguiendo las líneas del campo magnético. La superficie era un hervidero de gránulos brillantes y manchas oscuras. La sufrida nave consumía energía a raudales para mantener frescos a sus pasajeros. No aguantaría más de media hora en semejante horno.

Habían pasado veintiséis minutos. Nadie hablaba. Todos miraban ávidamente las pantallas. Restaban sólo unos segundos para que su suerte se decidiera.

Veintisiete minutos.

—¡Ahí están, mi comandante! —dijo Nerea.

La luna sembradora apareció en el punto predicho, puntual como un reloj atómico. Para consternación de los espectadores, el calor y la radiación no le hicieron mella. Se limitó a fabricar una coraza en espejo y adquirió forma de lágrima. Y como si el Averno fuera su hábitat natural, enfiló hacia la *Kalevala*.

Wanda giró lentamente el cuello hacia Asdrúbal y le puso cara de estar pensando: «Ya te lo decía yo...»

—Y ahora, ¿qué? ¡Oh, genio de la milicia!

—Aplicaremos el plan B.

—El cual consiste en...

—Saltar al hiperespacio de inmediato. Ellos tardarán más de 50 minutos en imitarnos, según su tradición y costumbre.

—Por cierto, ¿adónde iremos?

—A cualquier sitio. Da igual.

Los centauros no eran conscientes del tiempo en la misma medida que sus víctimas. Esta última intentaba escapar, pero resultaría inútil. Ellos simplemente llegaban a un lugar, observaban y sabían. Siempre fue así y siempre lo sería.

Los individuos se desplazaron, mudaron su configuración, se adaptaron. El conocimiento fluyó. Ellos no lo aprehendían, pero el todo sí. Y se dispuso a finiquitar la tarea.

Sin embargo, algo se lo impidió. El sol eligió ese mismo momento para estallar como una supernova.

—Así que fue una emboscada —dijo Wanda.

—Con todas las de la ley —admitió Asdrúbal—. Si el sol no los achicharraba, la *Erebus* se ocuparía de ellos. Es una nave de guerra de última generación, no un cacharro vetusto como la *Kalevala*.

—Nos estuvo siguiendo todo el rato, ¿verdad?

—Sí, en un discretísimo segundo plano. Después de los hallazgos de Leteo, que nos demostraron la agresividad inmisericorde de los centauros, tomamos medidas preventivas.

—Sabes guardar secretos, comandante. No llegué a sospecharlo.

—Es mi trabajo. —Asdrúbal se encogió de hombros—. La *Erebus* se limitó a ir tras nuestros pasos y aguardar acontecimientos. En cuanto a la encerrona, los centauros se mostraron la mar de colaboradores. Si se empecinaban en perseguirnos, tendrían que aguantar 56 minutos a pleno sol antes de saltar en el hiperespacio. En ese tiempo, o ardían o la *Erebus* usaría su armamento pesado. Ya te lo expliqué una vez: la estrella usa su propia energía para colapsar el campo gravitatorio durante un instante, la atmósfera implota, rebota contra el núcleo y...

—Sé lo que es una supernova; gracias. Supongo que ni siquiera ellos habrán podido sobrevivir. Sólo me preocupa una cosa. En esta zona del brazo de Centauro, los sistemas solares están bastante próximos. Puede que existan mundos cercanos donde la vida haya surgido espontánea e independientemente de los sembradores. ¿No los habremos puesto en peligro con las secuelas de la explosión?

—Pues... —La expresión del comandante ni se inmutó—. Sería trágico, sí. En estos casos, si empleas en los informes oficiales la expresión «daños colaterales» y usas un lenguaje aséptico, los políticos no suelen enfadarse.

—Vaya.

Wanda contempló las pantallas. Lo que fue una estrella de lo más normal, había vomitado la mayor parte de su masa al espacio en un estallido que brilló tanto como la galaxia entera. En opinión de Asdrúbal, si los centauros eran capaces de aguantar semejante castigo, se merecían una medalla al mérito. Aparentemente, no era el caso. No se detectaba señal alguna de ellos en los sistemas solares visitados por la *Kalevala* en la Vía Rápida ni en el cúmulo globular.

La atmósfera de la estrella se alejaba de VR-1070 a velocidad de vértigo. Wanda reflexionó sobre el comentario acerca de los *daños colaterales*, y luego miró a su alrededor. Había convivido con los tripulantes de la *Kalevala* durante meses, y los consideraba buenos camaradas, pero pertenecían a una cultura capaz de hacer estallar soles para ganar sus batallas. Se preocupaban por las formas, pero no tanto por las consecuencias de sus actos. Frente a eso, una parecía muy pequeña e insignificante. Peor aún: preveía que nada volvería a ser como antes. Los forasteros habían venido para quedarse. Y a veces le daban más miedo que los propios sembradores.

—Nuestra aventura toca a su fin —dijo, y de repente se sintió vieja y cansada—. Volvamos a casa.

APÉNDICE

LOS PREMIOS UPC DE CIENCIA FICCIÓN

El Premio UPC de Novela Corta de Ciencia Ficción de 1991

En 1991 se celebraba el 20 aniversario de la Universitat Politècnica de Catalunya (UPC) y se quiso aprovechar esa circunstancia para dar mayor alcance a algunas actividades ya habituales en la UPC. De hecho, la convocatoria en 1991 del primer Premio UPC de Novela Corta de Ciencia Ficción *puede considerarse continuadora de anteriores convocatorias de certámenes culturales promovidos y organizados por el Consell Social de la UPC presidido entonces por el señor Pere Duran i Farell.*

Aunque la tradición de los concursos literarios promovidos hasta entonces por el Consell Social de la UPC se centraba en el relato corto, en 1991 la oportunidad del 20 aniversario de la UPC aconsejó plantear, por primera vez en la universidad española, un premio de novela de ciencia ficción. Para favorecer la presencia de originales, se eligió la longitud de la novela corta, en torno al centenar de páginas, una extensión de gran predicamento en la ciencia ficción y en la que empezaron a tomar forma obras tan características del género como la FUNDACIÓN *de Isaac Asimov o* DUNE *de Frank Herbert.*

El primer Premio UPC de Novela Corta de Ciencia Ficción *fue convocado a finales de abril de 1991 y tuvo muy buena aco-*

gida. Se podía concurrir a él con obras escritas tanto en castellano como en catalán, aun cuando, entre las 71 novelas presentadas, fueron mayoría las redactadas en castellano. El premio se convocaba abierto para que pudiera concurrir todo aquel o aquella que presentara una narración ajustada a las bases, que establecían, simplemente, la extensión (entre 75 y 110 páginas) y la temática: «Narraciones inéditas encuadrables en el género de la ciencia ficción».

El premio, dotado con un millón de pesetas y una posible mención de 250.000 pesetas, reserva también la posibilidad de un premio especial para la más destacada de las narraciones presentadas por los miembros de la UPC (estudiantes, profesores y personal de administración y servicios). Por un acuerdo verbal entre la UPC y Ediciones B, las bases del premio establecían ya el anuncio de que «la novela ganadora sería publicada por la UPC a través de Ediciones B dentro de su colección NOVA» *en un volumen como éste.*

Las mejores de las novelas ganadoras del premio de 1991 se publicaron precisamente en el número 48 de esta colección, un interesante volumen que agrupa una buena muestra de la más reciente ciencia ficción española con MUNDO DE DIOSES *de Rafael Marín Trechera y* EL CÍRCULO DE PIEDRA *de Ángel Torres Quesada, ganadoras ex aequo del primer premio y, también,* LA LUNA QUIETA *de Javier Negrete, brillante vencedora de la mención especial del jurado. El título genérico del volumen es* PREMIO UPC 1991 (NOVA ciencia ficción, *número 48, 1992*).

Como no podía ser menos, la entrega del premio se realizó en un acto académico especial que tuvo lugar el martes 3 de diciembre de 1991, con la presencia del doctor Marvin Minsky, quien disertó sobre «Inteligencia artificial y ciencia ficción». *Para algunos asistentes pudo resultar sorprendente conocer que el doctor Minsky, reputado especialista en el campo de la Inteligencia Artificial que él contribuyera a crear, se identificaba como un experto conocedor y amante del género de la ciencia ficción, al que, precisamente en 1992, aportaría su primera novela,* THE TURING OPTION, *escrita en colaboración con Harry Harrison.*

El Premio Internacional UPC de Ciencia Ficción de 1992

Convocado también por el Consell Social de la UPC, con el respaldo del rector de la universidad, el doctor Gabriel Ferraté i Pascual, el Premio internacional UPC de Ciencia Ficción *adquirió en 1992 una nueva dimensión. En su primera convocatoria, en 1991, el premio se había circunscrito al ámbito español, admitiendo originales escritos en cualquiera de las dos lenguas oficiales de Cataluña: catalán y castellano; pero, a partir de la edición de 1992, el premio se hizo internacional admitiendo también originales escritos en inglés y francés.*

De nuevo el éxito acompañó a esta iniciativa del Consell Social de la UPC. En 1992 se presentaron un total de 83 novelas, la mayor parte procedentes de Cataluña (39% del total) o del resto del estado español (25%). Pero más de una tercera parte (el 36% exactamente) procedía del extranjero, con una amplia distribución geográfica: Estados Unidos (12 novelas), Francia (6), Gran Bretaña (3), Australia (2), Hungría (2), Argentina (1), Canadá (1), Israel (1), Rumanía (1) y Suiza (1). La distribución por lenguas mostró un evidente predominio del castellano (61%), seguido del inglés (22%), el francés (11%) y el catalán (6%).

El premio lo obtuvo el estadounidense Jack McDevitt con NAVES EN LA NOCHE, *una maravillosa y poética historia sobre el encuentro de dos seres solitarios. La mención recayó en la primera novela de Mercè Roigé, quien presentó al certamen* PUEDE USTED LLAMARME BOB, SEÑOR, *una novela de factura clásica sobre un robot a la busca de su identidad. El volumen correspondiente,* PREMIO UPC 1992 *(*NOVA ciencia ficción, *número 56, 1993), se completó entonces con la intencionada es-*

peculación del catedrático Antoni Olivé sobre un traductor universal portátil en ¿QUIÉN NECESITA EL PANGLÓS?

La decisión del jurado y la entrega de los premios se hicieron públicas, con un cierto retraso, el miércoles 27 de enero de 1993 en un solemne acto académico presidido por el rector Gabriel Ferraté. Eje central del acto fue una interesante conferencia a cargo de Brian W. Aldiss, conocido autor y ensayista británico, quien disertó sobre «La ciencia ficción y la conciencia del futuro».

El Premio Internacional UPC de Ciencia Ficción de 1993

En 1993 el éxito acompañó de nuevo a esta iniciativa del Consell Social de la UPC. Esta vez se presentaron un total de 90 novelas, la mayor parte procedente de Cataluña (40% del total) o del resto del estado español (18%); pero más de una tercera parte (el 36% exactamente) procedía del extranjero, con una amplia distribución geográfica: Estados Unidos (11 novelas), Francia (6), Bulgaria (3), Canadá (3), Nueva Zelanda (3), Argentina (2), México (2), Austria (1) e Irlanda del Norte (1). La distribución por lenguas mostró, de nuevo, un evidente predominio del castellano (64%), seguido del inglés (20%), el catalán (9%) y el francés (9%).

La decisión del jurado y la entrega de los premios se hicieron públicas el 1 de diciembre de 1993 en un solemne acto académico que contó con la presencia del presidente del Consell Social de la UPC, Pere Duran i Farell, y del rector Gabriel Ferraté. Eje central del acto fue una interesante conferencia a cargo del británico John Gribbin, famoso divulgador científico y, también, autor de narrativa de ciencia ficción. El doctor Gribbin disertó sobre «Ciencia real y ciencia ficción».

En un año que resultará histórico para la ciencia ficción española, el Premio UPC 1993 lo obtuvo Elia Barceló con EL MUNDO DE YAREK, *una interesante narración sobre un xe-*

nosociólogo desterrado a un mundo sin vida. Una historia brillantemente narrada que, por si ello fuera poco, guarda una interesante e inteligente sorpresa final. La mención de 1993 recayó en Alan Dean Foster con NUESTRA SEÑORA DE LA MÁQUINA, *concebida como un* thriller *a la caza y captura de un curioso grupo mafioso que lleva a cabo extorsiones utilizando una Virgen vengadora y temible. El volumen correspondiente,* PREMIO UPC 1993 *(*NOVA ciencia ficción, *número 64, 1994), se completó entonces con* BAIBAJ, *una de las menciones especiales para los miembros de la UPC que compartió ese galardón con* LAS TRECE ESTRELLAS *de Alberto Abadía.* BAIBAJ *es la primera novela y la primera colaboración de dos autores jóvenes: Gustavo Santos y Henry Humberto Rojas, ambos estudiantes de doctorado en el Departamento de Ingeniería Química de la UPC.*

El Premio Internacional UPC de Ciencia Ficción de 1994

En la edición de 1994, el adelanto de casi dos meses en la fecha de recepción de originales redujo el número de concursantes, que, pese a todo, superó los setenta. Predominaron las narraciones escritas en castellano (66%) e inglés (26%), y se registró una menor participación en catalán (7%) y francés (1%). Un 30% de las obras presentadas a concurso procedía del extranjero, con una amplia distribución geográfica: Estados Unidos (10 novelas), Israel (3), Nueva Zelanda (2), Gran Bretaña (2), México (2), Canadá (1) y Bélgica (1).

La decisión del jurado y la entrega de los premios se hicieron públicas el 30 de noviembre de 1994 en un solemne acto académico que contó con la presencia del nuevo presidente del Consell Social de la UPC, Xavier Llobet, y del nuevo rector de la UPC, Jaume Pagés. El encargado de pronunciar la conferencia invitada en la ceremonia de entrega de premios fue el norteamericano Alan Dean Foster, ganador de la mención es-

pecial del Premio UPC *en la edición de 1993, y conocido autor de ciencia ficción. Disertó sobre* «La ciencia ficción y la raíz de todos los males».

El premio lo obtuvieron ex aequo los norteamericanos Ryck Neube con QUONDAM, MY LOVE *y Mike Resnick con* SEVEN VIEWS OF OLDUVAI GORGE, *que más tarde se alzaría con los premios mayores de la ciencia ficción mundial: el* NEBULA *y el* HUGO. *La mención especial fue para el también norteamericano Jack McDevitt con* TIME TRAVELLERS NEVER DIE. *Los tres títulos se publicaron en el volumen correspondiente,* PREMIO UPC 1994 *(*NOVA ciencia ficción, *número 72, 1995).*

Los estudiantes Xavier Pacheco y José Antonio Bonilla obtuvieron en 1994 la mención reservada a los miembros de la UPC con la novela O. G. M.

El Premio Internacional UPC de Ciencia Ficción de 1995

En la edición de 1995, devuelta la fecha de recepción de originales a después de agosto, volvió a aumentar el número de concursantes. Se superó ampliamente el centenar y se alcanzó un nuevo récord de participación con 114 originales recibidos. Predominaron claramente las narraciones escritas en castellano (86%), con menor número de novelas escritas en las otras lenguas: inglés (7%), catalán (5%) y francés (2%). Casi un 20% de las obras presentadas a concurso procedía del extranjero con una amplia distribución geográfica: Estados Unidos (6 novelas), Bélgica (3), México (3), Israel (2), Andorra (1), Argentina (1), Canadá (1), Colombia (1), Cuba (1), Ecuador (1) y Nueva Zelanda (1), lo que supone el récord histórico en el número de países participantes.

La decisión del jurado y la entrega de los premios se hicieron públicas el miércoles 13 de diciembre de 1995 en un solemne acto académico presidido por el rector de la UPC, el señor Jaume Pagés. Estuvo presente el señor Josep M. Boixareu, vice-

presidente del Consell Social de la UPC en representación del presidente, el señor Xavier Llobet, ausente por viaje. El escritor y profesor norteamericano Joe Haldeman disertó con gran amenidad sobre «La ciencia ficción, una herramienta para el aprendizaje».

El premio lo obtuvo el madrileño César Mallorquí con EL COLECCIONISTA DE SELLOS. *La mención especial fue para el también madrileño Javier Negrete con* LUX AETERNA. *La mención especial dedicada a los concursantes miembros de la UPC fue para* SEGADORES DE VIDA, *de Xavier Pacheco y José Antonio Bonilla, vencedores también en la edición de 1994. Los tres títulos se publicaron en el volumen correspondiente,* PREMIO UPC 1995 *(*NOVA ciencia ficción, *número 83, 1996).*

El Premio Internacional UPC de Ciencia Ficción de 1996

En 1996 se alcanzó un nuevo récord de participación: concursaron 130 novelas con gran predominio de las narraciones escritas en castellano (76%) y un incremento de las escritas en inglés (15%), catalán (8%) y el siempre reducido número de las presentadas en francés (1%).

La internacionalidad del premio resultó claramente establecida: más de un 30% de las obras presentadas a concurso procedían del extranjero, con un nuevo récord de distribución geográfica: Estados Unidos (17 novelas), Colombia (6), Israel (4), Canadá (3), México (2), Reino Unido (2), Francia (1), Argentina (1), Australia (1), Cuba (1), Brasil (1) y Chile (1).

También se registró un aumento del número de participantes de la propia UPC, que alcanzó la cifra del 11% del total de concursantes en un año de gran participación, lo que supone en 1996 un nuevo récord: el del número de novelas presentadas por miembros de la UPC.

La decisión del jurado y la entrega de los premios se hicieron públicas el 18 de diciembre de 1996 en un solemne acto aca-

démico presidido por el rector de la UPC, el señor Jaume Pagés, que contó con la presencia del señor Ildefons Valls, vicepresidente del Consell Social de la UPC. El conferenciante invitado fue Gregory Benford, autor de ciencia ficción y catedrático de la Universidad de California en Irvine quien disertó sobre «Mezclando la realidad con la imaginación: un recuerdo de la ciencia y la ficción».

El premio lo obtuvo el argentino Carlos Gardini con LOS OJOS DE UN DIOS EN CELO. *La mención especial fue para el canadiense Robert J. Sawyer con* HELIX. *La mención especial dedicada a los concursantes miembros de la UPC fue para* CENA RECALENTADA, *de Jordi Miró y Rafael Besolí. Estos tres títulos, junto con la divertida novela finalista* DAR DE COMER AL SEDIENTO *de Eduardo Gallego y Guillem Sánchez, se publicaron en el volumen correspondiente,* PREMIO UPC 1996 (NOVA ciencia ficción, *número 96, 1997).*

El Premio Internacional UPC de Ciencia Ficción de 1997

En 1997 se recibieron 123 narraciones a concurso. La participación internacional fue, como siempre, abundante: una de cada cinco narraciones procedía de lugares como Estados Unidos (14 novelas), Japón (2), Alemania (2), Gran Bretaña (2), Perú (1), Canadá (1), Francia (1), Israel (1), Bulgaria (1) e Isla de la Reunión (1).

La mayoría de los concursantes escribió sus narraciones en castellano (93 novelas, es decir, el 76%), seguidos de quienes lo hicieron en inglés, con 19 novelas (el 16%). De nuevo catalán (8) y francés (3) fueron lenguas menos utilizadas entre las narraciones presentadas a concurso.

La decisión del jurado y la entrega de los premios se hicieron públicas el 10 de diciembre de 1997 en un solemne acto académico presidido por el rector de la UPC, el señor Jaume Pagés, y copresidido por el señor Miquel Roca, nuevo presidente del

Consell Social de la UPC, que es la entidad que patrocina y organiza el concurso. Como conferenciante invitada intervino la escritora norteamericana Connie Willis, quien disertó con gran amenidad sobre «Extraterrestres, ideas e irrelevancia: la importancia de la ciencia ficción».

El premio se concedió ex aequo al portorriqueño James Stevens-Arces por EL SALVADOR DE ALMAS, *y el canadiense Robert J. Sawyer, por* PSICOESPACIO. *La mención especial también fue concedida ex aequo por el madrileño Daniel Mares, por* LA MÁQUINA DE PYMBLIKOT, *y el barcelonés Domingo Santos, por* BIENVENIDOS AL BICENTENARIO DEL FIN DEL MUNDO. *La mención especial dedicada a los concursantes miembros de la UPC fue para* N'ZNEGT, *de Xavier Pacheco y José Antonio Bonilla, vencedores también en las ediciones de 1994 y 1995. Los cuatro primeros títulos se publicaron en el volumen correspondiente,* PREMIO UPC 1997 *(*NOVA ciencia ficción, *número 112, 1998).*

El Premio Internacional UPC de Ciencia Ficción de 1998

En 1998 se recibieron 134 narraciones a concurso, un nuevo récord de participación. Se mantuvo el alto poder de convocatoria internacional, ya que 46 novelas (un 35%, es decir, una de cada tres) llegaron del extranjero: Estados Unidos (17), Canadá (4), Francia (4), México (4), Cuba (2), Israel (2), Bulgaria (2), Nueva Zelanda (1), Japón (1), Alemania (1), Gran Bretaña (1), Bélgica (1), Colombia (1), Argentina (1), Costa Rica (1), Chile (1), Suiza (1) y Rumanía (1).

La mayoría de los concursantes escribió sus narraciones en castellano (93 novelas, es decir, el 69%), y la segunda lengua fue el inglés, con 26 novelas (el 19%, prácticamente una de cada cinco novelas recibidas). De nuevo catalán (9) y francés (6), aunque en mayor número que en años anteriores, fueron lenguas menos utilizadas entre las narraciones presentadas a concurso.

La decisión del jurado y la entrega de los premios se hicieron públicas el 2 de diciembre de 1998 en un solemne acto académico presidido por el vicerrector de la UPC, el doctor Pere Botella, y copresidido por la señora Mercè Sala, vicepresidenta del Consell Social de la UPC. El conferenciante invitado fue el escritor británico Stephen Baxter, quien disertó sobre la ciencia ficción escatológica: «¡Pasajeros a bordo para el escatón!: la ciencia ficción y el fin del universo.»

El premio correspondió a BLOCK UNIVERSE, *del canadiense Robert J. Sawyer, quien había obtenido galardones también en las dos ediciones anteriores. La mención especial fue concedida ex aequo al asturiano Rodolfo Martínez, por* ESTE RELÁMPAGO, ESTA LOCURA, *y al mexicano Gabriel Trujillo, por* GRACOS. *La mención especial dedicada a los concursantes miembros de la UPC fue para* FUEGO SOBRE SAN JUAN, *escrita en colaboración por el profesor de ingeniería mecánica Javier Sánchez-Reyes y el sociólogo Pedro A. García Bilbao. La conferencia de Stephen Baxter y las narraciones ganadoras se publicaron en el volumen correspondiente,* PREMIO UPC 1998 *(*NOVA ciencia ficción, *número 123, 1999).*

El Premio Internacional UPC de Ciencia Ficción de 1999

En 1999 se recibieron 104 narraciones a concurso y se mantuvo el alto poder de convocatoria internacional con 31 novelas (un 30%), procedentes de Estados Unidos (9), Irlanda del Norte (4), Argentina (3), México (3), Israel (2), Australia (1), Canadá (1), Francia (1), Cuba (1), Bulgaria (1), Gran Bretaña (1), Colombia (1), Chile (1), Hungría (1) y Ecuador (1).

La mayoría de los concursantes escribió sus narraciones en castellano (80 novelas, es decir, el 77%), y de nuevo el segundo idioma fue el inglés, con 17 novelas (el 16%). De nuevo catalán (6) y francés (1) fueron lenguas menos utilizadas entre las narraciones presentadas a concurso.

La decisión del jurado y la entrega de los premios se hicieron públicas el 1 de diciembre de 1999 en un solemne acto académico presidido por el excelentísimo rector de la UPC, el doctor Jaume Pagés, y copresidido por el señor Miquel Roca, presidente del Consell Social de la UPC, que es la entidad que patrocina y organiza el concurso. El conferenciante invitado fue el escritor canadiense Robert J. Sawyer, quien disertó sobre «El futuro ya está aquí: ¿Hay sitio para la ciencia ficción en el siglo XXI?».

El primer premio fue compartido por HOMUNCULUS, *del mexicano Alejandro Mier, e* IMÉNEZ, *del colombiano Luis Noriega. La mención especial fue para* IA, *del madrileño Daniel Mares, mientras que la mención especial dedicada a los concursantes miembros de la UPC fue para* EL DÍA EN QUE MORÍ, *de Fermín Sánchez Carracedo, profesor del departamento de arquitectura de computadores de la UPC. La conferencia de Robert J. Sawyer y las narraciones ganadoras se publicaron en el volumen correspondiente,* PREMIO UPC 1999 *(*NOVA ciencia ficción, *número 133, 2000).*

El Premio Internacional UPC de Ciencia Ficción de 2000

En la décima edición del premio UPC se recibieron 107 narraciones a concurso y se alcanzó el récord de participación internacional con 45 novelas (un 42%), procedentes de Colombia (15), Argentina (7), Estados Unidos (6), México (3), Francia (3), Ecuador (2), Canadá (2), Bélgica (1), Bolivia (1), Costa Rica (1), India (1), Puerto Rico (1), Yugoslavia (1) y Cuba (1).

La mayoría de los concursantes escribió sus narraciones en castellano (85 novelas, es decir, el 79%), y el segundo idioma fue el inglés, con 12 novelas (el 11%). De nuevo catalán (7) y francés (3) fueron lenguas menos utilizadas entre las narraciones presentadas a concurso.

La decisión del jurado y la entrega de los premios se hicie-

ron públicas el 29 de noviembre de 2000 en un solemne acto académico presidido por el vicerrector de la UPC, el doctor Ramón Capdevila, y copresidido por el señor Manuel Basáñez, vicepresidente del Consell Social de la UPC, que es la entidad que patrocina y organiza el concurso. El conferenciante invitado fue el escritor estadounidense David Brin, quien disertó sobre «Sondeando arenas movedizas: cómo será el mundo del futuro».

El primer premio fue compartido por BUSCADOR DE SOMBRAS, *de Javier Negrete, y* SALIR DE FASE, *de José Antonio Cotrina. La mención especial fue para* DEL CIELO PROFUNDO Y DEL ABISMO, *del mexicano José Luis Zárate, mientras que la mención especial dedicada a los concursantes miembros de la UPC fue para* HALGOL, *del estudiante barcelonés Miguel López. La conferencia de David Brin y las narraciones ganadoras de Negrete, Cotrina y Zárate, junto a la finalista* SIGNOS DE GUERRA, *del cubano Vladimir Hernández, se publicaron en el volumen correspondiente,* PREMIO UPC 2000 *(*NOVA ciencia ficción, *número 141, 2001).*

El Premio Internacional UPC de Ciencia Ficción de 2001

En la undécima edición del premio UPC se recibieron 87 narraciones a concurso y se obtuvo un nuevo récord de participación internacional con 43 novelas (un 49%), procedentes de Estados Unidos (11), Argentina (6), Colombia (6), Francia (5), México (4), Israel (2), Bélgica (1), Brasil (1), Cuba (1), Ecuador (1), Gran Bretaña (1), Italia (1), Panamá (1), Paraguay (1) y Chile (1).

La mayoría de los concursantes escribió sus narraciones en castellano (62 novelas, es decir, el 71%), y el segundo idioma fue el inglés con 13 novelas (el 15%). De nuevo, catalán (6) y francés (6) fueron lenguas menos utilizadas entre las narraciones presentadas a concurso.

La decisión del jurado y la entrega de los premios se hicieron públicas el 28 de noviembre de 2001 en un solemne acto académico presidido por el vicerrector de la UPC, el doctor Joaquim Casal, y copresidido por la señora Mercè Sala, presidenta de la Comisión de Control de Cuentas del Consell Social de la UPC, que es la entidad que patrocina y organiza el concurso. El conferenciante invitado fue el escritor valenciano Juan Miguel Aguilera, quien disertó sobre «Palabras e imágenes: escribir y hacer cine de ciencia ficción en España».

El primer premio fue para el argentino Carlos Gardini con EL LIBRO DE LAS VOCES, *y la mención especial fue para* EL MITO DE ER, *de Javier Negrete. La mención especial dedicada a los concursantes miembros de la UPC fue compartida por el estudiante Manuel González, con* PLANETA X, *y el profesor Jaume Valor, con* EL AVATAR DEL MONO ENAMORADO. *La conferencia de Juan Miguel Aguilera y las narraciones ganadoras de Gardini y Negrete, junto a las finalistas* TIEMPO MUERTO, *de José Antonio Cotrina, y* ENTRE ALGODONES, *de Pablo Nauglin, se publicaron en el volumen correspondiente,* PREMIO UPC 2001 *(*NOVA ciencia ficción, *número 149, 2002).*

El Premio Internacional UPC de Ciencia Ficción de 2002

En la duodécima edición del premio UPC se recibieron 125 narraciones a concurso y se mantuvo un alto nivel de participación internacional con 42 novelas (un 33%) procedentes de Estados Unidos (10), Argentina (10), México (6), Colombia (5), Francia (3), Alemania (1), Australia (1), Bélgica (1), Ecuador (1), Israel (1), Italia (1), Panamá (1) y Suiza (1).

La mayoría de los concursantes escribió sus narraciones en castellano (101 novelas, es decir, el 81%), y una vez más el segundo idioma fue el inglés, con 12 novelas (el 10%). De nuevo, catalán (8) y francés (4) fueron lenguas menos utilizadas entre las narraciones presentadas a concurso.

La decisión del jurado y la entrega de los premios se hizo pública el 27 de noviembre de 2002 en un solemne acto académico presidido por el nuevo presidente del Consell Social de la UPC, el señor Joaquim Molins, y copresidido por el también nuevo vicerrector de docencia de la UPC, el doctor Joan M. Miró. El conferenciante invitado fue el escritor estadounidense Vernor Vinge, quien disertó sobre «La singularidad tecnológica».

El primer premio se repartió ex aequo entre el madrileño Nauglin con ESCAMAS DE CRISTAL *y el argentino Alejandro Javier Alonso con* LA RUTA A TRASCENDENCIA, *y la mención especial fue obtenida por* REJET *del francés Christophe Franco Rosetti. La mención especial dedicada a los concursantes miembros de la UPC fue compartida por la estudiante Irene da Rocha con* TEOREMA *y el profesor Fermín Sánchez Carracedo con* ODISEA. *La conferencia de Vernor Vinge y las narraciones ganadoras de Nauglin, Alonso, Rocha y Sánchez Carracedo se publicaron en el volumen correspondiente,* PREMIO UPC 2002 *(*NOVA ciencia ficción, *número 158, 2003).*

El Premio Internacional UPC de Ciencia Ficción de 2003

En la decimotercera edición del premio UPC se recibieron 120 narraciones a concurso y se mantuvo el alto nivel de participación internacional con 37 novelas (un 31%), procedentes de Argentina (9), Estados Unidos (8), Gran Bretaña (5), Colombia (2), Francia (2), Israel (2), Alemania (1), Cuba (1), Honduras (1), Irlanda del Norte (1), Italia (1), México (1), Panamá (1), Venezuela (1) y Chile (1).

La mayoría de los concursantes escribió sus narraciones en castellano (94 novelas, es decir, el 78%); la segunda lengua fue el inglés con 13 novelas (el 11%), seguido muy de cerca por el catalán con 11 novelas (el 9%). De nuevo, el francés (2) fue la lengua menos utilizada entre las narraciones presentadas a concurso.

La decisión del jurado y la entrega de los premios se hicieron públicas el miércoles 26 de noviembre de 2003 en un solemne acto académico presidido por el presidente del Consell Social de la UPC, el señor Joaquim Molins, y copresidido por la señora Carme Peñas, secretaria general de la UPC. El conferenciante invitado fue el escritor estadounidense Orson Scott Card, quien disertó sobre «Literatura abierta», *casi un manifiesto sobre las obligaciones y deberes a que debe comprometerse un escritor. El público abarrotó la sala hasta tal punto que muchos tuvieron que estar de pie por falta de espacio para instalar más sillas. Por primera vez, los asistentes no sólo acudieron a presenciar el acto, sino que trajeron consigo muchos libros escritos por Card y, al final del acto, hubo que habilitar una improvisada sesión de firma de libros a la que el famoso autor estadounidense se prestó con gran amabilidad.*

El primer premio lo obtuvo el catalán Jordi Font-Agustí con TRAFICANTS DE LLEGENDES, *y la mención especial se concedió ex aequo a los cubanos Yoss (José Miguel Sánchez), por* POLVO ROJO, *y Vladimir Hernández, por* SUEÑOS DE INTERFAZ. *La mención especial dedicada a los concursantes miembros de la UPC fue compartida por el estudiante Manuel González, con* VLAD-HARKOV Y LA PUERTA NEGRA, *y el profesor Ángel Luis Miranda, con* EL MAGO DE GONDLAAR. *La conferencia de Orson Scott Card, las narraciones ganadoras de Font-Agustí, Yoss y Hernández se publicaron en el volumen correspondiente,* PREMIO UPC 2003 *(*NOVA ciencia ficción, *número 170, 2004), junto con algunas novelas finalistas:* FACTORÍA CINCO, *del sevillano José Antonio Bermúdez Santos, y* CARNE *del madrileño Daniel Marés.*

El Premio Internacional UPC de Ciencia Ficción de 2004

En la decimocuarta edición del premio UPC se presentaron al concurso 88 narraciones, siendo 29 (un 33%) las novelas re-

cibidas del extranjero, procedentes de Estados Unidos (9), Argentina (6), México (4), Colombia (3), Francia (3), Bélgica (1), Bolivia (1), Canadá (1) y Malasia (1). La mayoría de los concursantes escribió sus narraciones en castellano (65 novelas, es decir, el 74%); el segundo idioma utilizado fue el inglés con 11 novelas (el 12,5%), seguido de cerca por el catalán con 8 novelas (el 9%). De nuevo el francés, con 4 novelas (el 4,5%), fue la lengua menos utilizada entre las narraciones presentadas a concurso.

La decisión del jurado y la entrega de los premios se hicierona públicas el miércoles 24 de noviembre de 2004 en un solemne acto académico presidido por el excelentísimo rector de la UPC, el doctor Josep Ferrer, y la escritora Isabel-Clara Simó en representación del Consell Social de la UPC. El conferenciante invitado fue el escritor catalán Miquel de Palol, quien disertó sobre «La herencia de los utopistas».

El primer premio lo obtuvo el canadiense Robert J. Sawyer con IDENTITY THEFT, *y la mención especial se concedió ex aequo al argentino Miguel Hoyuelos, por* SICCUS, *y Manuel Santos, profesor en Zaragoza, por* LAS LUNAS INVISIBLES. *La mención especial dedicada a los concursantes miembros de la UPC la obuvo Santiago Egido con* EL OCIO DE LOS SANOS. *La conferencia de Miquel de Palol y las narraciones galardonadas se publicaron en el volumen correspondiente,* PREMIO UPC 2004 *(*NOVA ciencia ficción, *número 180, 2005).*

El Premio Internacional UPC de Ciencia Ficción de 2005

En 2005 se presentaron al concurso 93 narraciones, siendo 27 (un 29%) las novelas recibidas del extranjero, procedentes de Estados Unidos (11), Argentina (4), Francia (3), Chile (2), Bélgica (1), Canadá (1), Gran Bretaña (1), Hungría (1), Irlanda (1), Israel (1) y México (1).

La mayor parte de los concursantes escribió sus narraciones en castellano (64 novelas, es decir, el 69%); el segundo idioma utilizado fue el inglés con 13 novelas (el 14%), seguido de cerca por el catalán con 12 novelas (el 13%). De nuevo el francés, con 4 novelas (el 4%), fue la lengua menos utilizada entre las narraciones presentadas a concurso.

La decisión del jurado y la entrega de los premios se hicieron públicas el miércoles 23 de noviembre de 2005 en un solemne acto académico presidido por el vicerrector de la UPC, el doctor Ramón Carreras, y la escritora Isabel-Clara Simó en representación del Consell Social de la UPC. El conferenciante invitado fue la escritora estadounidense Elizabeth Moon, autora de LA VELOCIDAD DE LA OSCURIDAD, *premio Nebula 2004, quien disertó sobre* «Autismo, alienígenas y ciencia ficción». *El jurado estuvo formado por Lluís Anglada, Miquel Barceló, Josep Casanovas, Jordi José y Manuel Moreno.*

El primer premio lo obtuvo la estadounidense Kristine K. Rusch con DIVING INTO THE WRECK, *y la mención especial fue para* SEMIÓTICA PARA LOS LOBOS, *del cubano Vladimir Hernández. La mención especial dedicada a los concursantes miembros de la UPC se concedió ex aequo a* ÒBOL, *de Eugeni Guillem, y* P.I.C., *de Albert Solanes. La conferencia de Elizabeth Moon y las narraciones galardonadas se publicaron en el volumen correspondiente,* PREMIO UPC 2005 *(*NOVA ciencia ficción, *número 192, 2006).*

El Premio Internacional UPC de Ciencia Ficción de 2006

En 2006 se presentaron al concurso 76 narraciones, siendo 33 (un 43%) las novelas recibidas del extranjero, procedentes de Argentina (7), Francia (7), Estados Unidos (6), Colombia (2), Cuba (2), Bélgica (1), Canadá (1), Chile (1), Ecuador (1), Gran Bretaña (1), Irlanda (1), México (1), Panamá (1) y Paraguay (1). La mayoría de los concursantes escribieron sus narraciones en castellano (52 novelas, es decir, el 68%); los otros idiomas utilizados fueron el inglés, con 11 novelas (el 15%), el francés, con 7 novelas (el 9%) y el catalán, con 6 novelas (el 8%).

La decisión del jurado y la entrega de los premios se hicieron públicas el miércoles 29 de noviembre de 2006 en un solemne acto académico presidido por el vicerrector de política universitaria de la UPC, Josep Casanovas, y la escritora Isabel-Clara Simó en representación del Consell Social de la UPC. El conferenciante invitado fue el joven escritor estadounidense Brandon Sanderson, autor de exitosas novelas de fantasía como ELANTRIS *y* MISTBORN, *quien disertó sobre* «La virtud de divertir: en defensa de la literatura de evasión». *El jurado estuvo formado, como ya viene siendo tradicional, por Lluís Anglada, Miquel Barceló, Josep Casanovas, Jordi José y Manuel Moreno.*

El primer premio fue concedido ex aequo al chileno Jorge Baradit, por TRINIDAD, *y al madrileño Miguel Ángel Muñoz, por* EL INFORME CRONOCORP. *La mención especial la obtuvo* THE END OF THE WORLD, *de la estadounidense Kristine K. Rusch. La mención especial dedicada a los concursantes miembros de la UPC fue para el profesor Ángel Luis Miranda por* CRÓNICAS DE MALHAAM. *La conferencia de Brandon Sanderson y las narraciones galardonadas (a las que se añadió la finalista* CARNE VERDADERA *del argentino Sergio Gaut vel Hartman) se publicaron en el volumen corres-pondiente,* XVI PREMIO UPC *(*NOVA, *número 201, 2007).*

El Premio Internacional UPC de Ciencia Ficción de 2007

En 2007 se presentaron al concurso 94 narraciones, siendo 40 (un 42%) las novelas recibidas del extranjero procedentes de Argentina (11), Estados Unidos (10), México (4), Francia (3), Bélgica (2), Cuba (2), Perú (2), Brasil (1), Canadá (1), Colombia (1), Gran Bretaña (1), Ecuador (1) y Chile (1). La mayoría de los concursantes escribieron sus narraciones en caste-

llano (75 novelas, es decir, el 80%); los otros idiomas utilizados fueron el inglés, con 11 novelas (el 12%), y el francés y el catalán, que «empataron» con 4 novelas (el 4%) cada uno.

La decisión del jurado y la entrega de los premios se hicieron públicas el miércoles 28 de noviembre de 2007 en un solemne acto académico presidido por el vicerrector de política universitaria de la UPC, doctor Josep Casanovas, y por la escritora Isabel-Clara Simó en representación del Consell Social de la UPC. El conferenciante invitado fue el escritor británico Jasper Fforde, autor de la conocida serie protagonizada por la «detective literaria» Thursday Next e iniciada con EL CASO JANE EYRE. *Fforde disertó sobre* «Thursday Next y la metaficción».

El primer premio se concedió ex-aequo al argentino Carlos Gardini, por BELCEBÚ EN LLAMAS, *y al estadounidense Brandon Sanderson, por* DEFENDING ELYSIUM. *La mención especial la obtuvo* RECORDS D'UNA ALTRA VIDA, *de Jordi Guàrdia. La mención especial dedicada a los concursantes miembros de la UPC fue para el profesor Joan Baptista Fonollosa, por* TRICORD (TRES CORDES I UNA SOLA MELODIA). *La conferencia de Jasper Fforde y las narraciones galardonadas se publicaron en el volumen correspondiente,* XVII PREMIO UPC (NOVA, *número 211, 2008).*

MIQUEL BARCELÓ

Índice